박시백의 조선왕조실록

10

선조실록

일러두기

2024 어진 에디션은 정사 《조선왕조실록》을 바탕으로 한 이 책의 특징을 드러내고자

어진과 공신화에서 모티브를 얻어 박시백 화백이 새롭게 표지화를 그렸다. (표지화 인물: 이순신)

박시백의
조선왕조실록

The Veritable Records of
the Joseon Dynasty **10** The Veritable Records of
King Seonjo

선조실록

Humanist

머리말

    외환위기가 한창이던 때였다. 어쩌다가 사극을 재미있게 보게 되었는데 역사와 관련한 지식이 너무도 부족한 자신을 발견하게 되었다. 그도 그럴 것이 젊은 날에 본 역사서는 근현대사가 대부분이었고, 조선사에 대한 지식이라고는 중·고교 시절에 학교에서 배운 단편적인 것들이 거의 전부였다. 당시 나는 신문사에서 시사만화를 그리고 있었다. 다행히 신문사에는 조그만 도서실이 있었는데, 틈틈이 그곳에서 난생처음 조선사에 대한 여러 책을 접할 수 있었다.

    조선사, 특히 정치사는 흥미진진했다. 거기에는 우리에게 익숙한 수많은 역사적 인물의 신념과 투쟁, 실패와 성공의 이야기가 있었고,《삼국지》나《초한지》등에서 만나는 극적인 드라마와 무릎을 치게 하는 탁월한 처세가 있었다. 만화로 그리면 재미있겠다는 생각이 들었다. 몇 권 더 구해 읽다 보니 한 가지 궁금증이 생겼다. 어디까지가 정사에 기록된 것이고 어느 부분이 야사에 소개된 이야기인지가 모호했다. 이 대목에서 결심이 섰던 것 같다. 조선 정치사를 만화로 그리자, 그것도 철저히《실록》에 기록된 정사를 바탕으로 그리자.

    곧이어 다니던 신문사를 그만두고《국역 조선왕조실록 CD-ROM》을 구입했다. 돌이켜보면 참 무모한 결심이었다. 특정한 출판사와 계약한 것도 아니고,《실록》의 한 쪽도 직접 본 적 없는 상태에서 작업에 전념한다는 미명 아래 회사부터 그만두었으니. 내 구상만 듣고 아무 대책 없는 결정에 동의해준 아내에게도 뭔가가 씌웠던 모양이다. 궁궐을 찾아 사진을 찍고 화보자료를 찾아 헌책방을 기웃거렸다. 1권에 해당하는 부분을 공부한 뒤 콘티를 짜기 시작했다. 동네를 산책하면서도 머릿속에서는 항상 그 시대의 인물들이 이야기를 주고받고 다투곤 했다. 어쩌다 어떤 인물의 행동이 새롭게 이해되기라도 하면 뛸 듯이 기뻤다.

마침내 펜선을 입히면서 수십 장이 쌓인 뒤 처음부터 읽어보면 이게 아닌데 싶어 폐기하기를 서너 번, 그러다 보니 어느새 1년이 후딱 지나가버렸다. 아무런 결과물도 없이 1년이 흘렀다고 생각하니 슬슬 걱정이 차오르기 시작했다. 이러다간 안 되겠다 싶어 100여 장의 견본을 만들어 무작정 출판사를 찾아가기로 했다. 그렇게 견본을 만든 후 몇 군데에서의 퇴짜는 각오하고 출판사를 찾아가려던 차에 동료 시사만화가의 소개로 휴머니스트를 만나게 되었고, 덕분에 다른 출판사들을 찾아가지는 않아도 되었다.

이 만화를 그리며 염두에 둔 나름의 원칙이 있다면 이랬다.
첫째, 정치사를 위주로 하면서 주요 사건과 해당 사건에 관련된 핵심 인물들의 생각과 처신을 중심으로 그린다.
둘째, 《실록》의 기록을 바탕으로 하면서 학계의 최근 연구 성과를 적극 고려하고 필자 스스로도 적극적으로 해석에 개입한다.
셋째, 성인 독자들을 주된 대상으로 삼되, 청소년들과 역사에 관심이 남다른 어린이들이 보아도 무방하게 그린다.

흔쾌히 출판을 결정해준 휴머니스트 김학원 대표와 책이 나오는 데 애써준 휴머니스트 식구들에게 감사드린다. 그리고 언제나 곁에서 응원해주고 적절히 비판해주는 아내와 사랑하는 두 딸! 고맙다.

2003년 6월

1권이 나온 지 20년이 넘게 흘렀습니다. 그간의 관심과 사랑에 감사드립니다.

2024. 6
박시백

세계기록유산은 모두의 것이며,
모두를 위해 온전히 보존되고 보호되어야 하며,
문화적 관습과 실용성을 충분히 인식하여
모든 사람이 장애 없이 영구적으로 접근할 수 있어야 합니다.

The world's documentary heritage belongs to all,
should be fully preserved and protected for all and,
with due recognition of cultural mores and practicalities,
should be permanently accessible to all without hindrance.

—〈유네스코 '세계의 기억' 프로그램의 목표〉 중에서

대한민국 국보 제151호
유네스코 세계기록유산
조선왕조실록

진실성과 신빙성을 갖추고
25대 군주, 472년간의 역사를 6,400만 자에 담은
세계에서 가장 장구하고 방대한 세계기록유산.
세계인이 기억해야 할 위대한 유산
《조선왕조실록》의 세계로 초대합니다.

차례

등장인물 소개

기대승

선조 초기 신진 사림의
영수로 노장 세력과
대립했다.

이이

대학자이자 정치가.
일생 동안 경장을 외쳤고
동서의 융합을 위해 노력했으나
성과를 거두지 못했다.
죽은 뒤엔 서인의
종주로 받들어진다.

이황

대학자. 선조 초
신진 사림의 정신적
지주였다.

의성대비(인순왕후)

명종 비로 수렴청정을
맡았으나 곧 물러났다.

이준경

선조 초 영의정으로
노장 세력을 대표했다.

정철

서인 강경파로 기축옥사 때
동인을 가혹하게 다루었다.
술과 문장을 좋아했다.

박순과 허엽

서경덕의 대표 제자로 친했으나
동서 분당 때 각각 서인, 동인으로
갈렸다. 박순은 이이의 후원자였고
허엽은 동인의 수장 역할을 했다.

심의겸과 김효원

이조 전랑 자리를 둘러싼 둘의 갈등은
동서 분당의 계기가 되었고, 둘 모두
이로 인해 많은 피해를 보았다.

성혼

성수침의 아들로
이이와는 오랜 벗이다.
관직에 들어선 후로도
항상 행보를 함께했다.

선조

조선 제14대 임금.
재위 중 임진왜란을
만나 의주까지
피난해야 했다.

광해군

왜란 때 분조를 이끌며
국란 극복의 선두에 서서
활약한다.

임해군

선조의 장자로 왜란 때
적의 포로가 되었다.

유성룡

이황의 제자로
남인의 영수.
《징비록》을 지어
왜란의 실상을
알려준다.

김성일

이황의 제자.
통신사로 일본에
갔지만 잘못된
상황 판단을 한다.

이산해

계략을 써서 정철을
몰아낸다. 광해군 초기
대북 정권을 세운다.

이발

동인의 선봉으로 반서인 투쟁에서
맹활약하다 정여립의 역모 사건으로
고문 받다 죽는다.

정인홍

동인 강경파. 고향에 은거해 있다가
왜란을 만나 의병을 일으킨다.
조식의 제자.

정여립

급진적인 사상의 소유자로
역모 혐의를 받고 자살한다.

정언신   최영경

이순신

성웅이란 호칭이 과하지 않은 백전백승의 명장. 7년 왜란의 마지막 전투인 노량 해전에서 적탄에 맞아 최후를 맞는다.

신립

조선이 자랑하던 명장. 그러나 탄금대 전투에서 패배해 자살한다.

원균

이순신을 질시해 모함하여 곤경에 빠뜨린다. 칠천량 해전에서 대패하고 죽는다.

이일

상주 전투의 패장.

김시민

진주 목사로 철저한 대비를 통해 진주성 방어전을 승리로 이끌었으나 전사한다.

이항복

선조를 의주까지 호종했다. 뒷날 인목왕후 폐모를 반대하다 유배된다.

신각

해유령 전투에서 승리했음에도 참형당한다.

권율

행주대첩을 이끌고 도원수에 임명된다.

김명원

도원수로 한강, 임진강 방어를 맡았으나 허무하게 실패한다.

윤두수

서인의 영수 격으로 왜란 때 도체찰사를 맡아 독자 작전론을 펴기도 했다.

이원익

왜란 말기에 재상을 맡아 정확한 상황 보고를 하곤 했다.

곽재우

전쟁 초기부터 의병을 일으켜 맹활약한다. 홍의장군으로 불렸으며, 조식의 제자이자 사위.

조헌과 영규

서인 강경파 조헌은 금산에서 의병을 일으켜 거병한 의승병 영규와 합세한다.

고종후, 최경회, 김천일

전라 의병장들로, 경상도에 들어가 활동하다 2차 진주성 싸움에서 최후를 맞는다.

고경명

의병장. 금산성을 공격하다 순절한다.

황진

2차 진주성 싸움을 지휘하다 전사한다.

김덕령

역모 사건에 억울하게 연루되어 죽는다.

김면

거창, 고령 등지를 무대로 활동한 의병장.

이여송

명나라 지원군 제독이다.

도요토미 히데요시

두 차례에 걸친 조선 침략과 학살, 파괴의 지휘자이다.

고니시 유키나가와 가토 기요마사

앙숙관계인 둘은 각각 선봉 1, 2군을 맡아 많은 전공을 세운다.

심유경

고니시와 함께 강화 사기극을 꾀하다 실패한다.

자운서원

김장생을 비롯한 이이의 제자들이 율곡의 묘가 있는 이곳에 스승의 뜻을 기려 광해군 때 세웠다. 뒤에
흥선대원군의 서원 철폐령으로 없어졌다가 1970년대에 복원되었다. 경기도 파주시 법원읍 동문리 소재.

제1장

사림의
집권과 분열

새로운 환경

새 전하의 보령이 겨우 열여섯이라며?

중종대왕의 서자인 덕흥군의 3남이라더군.

허어 참, 서자도 아닌 서손이 보위를 이을 줄이야.

개국 이래 가장 정통성이 취약한 왕으로 기록되겠군.

대비께서 섭정하신다지?

그럴 수밖에.

임금이 어린 데다 의지할 세력도 없으니 또 대비전의 세상이 되겠군그래.

문정왕후 II가 되는 건가?

장이야

헉!

그러나 의성대비(인순왕후)는 성렬대비(문정왕후)를 반면교사로 삼았는지

이제 모든 걸 주상께서 직접 결단하도록 하세요.

고작 7개월 만에 섭정을 거둔다.

대비마마, 소자는 아직 어리옵니다. 명을 거두어 주소서.

됐습니다. 주상!

사람들은 또
웅성거렸으리라.

그러나 그런 일도 일어나지
않았으니,

신진 사림이
새 시대의
주역으로
떠올랐기
때문이다.

중종 이래 향리에 은거한
서경덕, 조식, 성수침, 김인후,
이항 등의 처사들과, 퇴계 이황에게서
배운 신진 사림이 명종 말년 이래
대거 쏟아져 나왔다.

자란 곳도
가르침을 받은 스승도
달랐지만,
사림의 정신 아래
그들은 하나였다.
이때까지는.

이들 신진 사림의 리더는 이황과 8년에 걸쳐 사·칠 논쟁을 펼친 것으로 유명해진

고봉 기대승!

퇴계 선생께서도 아랫 사람이 아닌 학문하는 동지로 대우하신대.

그럴 만하지.

4피 논쟁? 이런 거?

무식한 놈! 사단과 칠정을 둘러싼 논쟁을 말하는 거야.

그의 주된 활동 무대는 경연장이었다.

오늘은 《논어》의 〈학이〉 편을 공부하겠습니다.

경연을 통해 기대승은 정몽주에게서 비롯된 학통을 설명하고,

조광조와 이언적의 추증을 청하는 등 역사 바로 세우기에 힘쓰는 한편, 어린 임금을 성학의 길로 이끌고자 노력했다.

여기서 잠깐, 이즈음 나관중의 《삼국지연의》가 소개되어 사대부들 사이에서 읽히기 시작했는데 이와 관련한 경연장의 한 장면이 있어 소개합니다.

장비의 고함에 만군이 달아났다는 얘기는 정사엔 보이지 않는데 《연의》엔 있다고 들었다.

이 책이 나온 지 오래지 않아 신은 아직 보지 못하였으나 듣건대 허망하고 터무니없는 말이 많다고 하옵니다. 역사의 기록이란 뒤에 억측하기 어려운 법인데 부연하고 덧붙여 매우 괴상하고 허탄하다 하옵니다. 만언컨대 이는 무리한 자가 잡된 말을 모아놓아 옛이야기처럼 만든 것이라 하겠습니다.

특히나 동승의 의대 속의 조서라든가 적벽에서의 승리 등은 모두 괴상하고 허탄한 일과 근거 없는 말을 부연하여 만든 것이옵니다.
《초한연의》 등과 같은 책으로, 이런 책들은 모두 의리를 해치는 책이옵니다. 시문, 서화도 중요하게 여기지 않는데 하물며 《전등신화》나 《태평광기》 처럼 사람의 심기를 오도하는 책들이겠습니까?

재밌겠다.

기대승을 리더로 하는 신진 사림의 구상은 이랬다.

사림의 종주인 이황 선생을 정승으로 모시고

우리 신진들이 힘을 합쳐 참다운 정치를 펴는 거야.

그렇게 되면 조정암(조광조) 이래의 꿈이 이루어지겠지.

왕의 거듭된 부름과 후학들의 청에 의해 낙향했던 이황이 올라왔다.

잘 오셨습니다. 선생님!

이황은 정승이 아니라 대제학에 임명되었다.

경연에 참여해 조광조의 포상과 남곤의 추죄를 청해 얻어냈으며,

잘 알겠습니다.

6조목의 상소를 지어 올렸고,

이 6조목의 상소는 참으로 천고의 격언이고 오늘의 급선무로다.

1. 계통을 중시하고 인효를 온전히 하셔야...
2. 참소와 간언을 막아 양궁 사이가 가깝도록 하셔야...
3. 성학을 도타이 하여 치본을 세우셔야...
4. 도술을 밝혀 인심을 바로 잡으셔야...
   (이단 배격)
5. 복심(대신)을 믿고 이목(대간)을 트이셔야...
6. 수성을 진실히 하여 하늘의 사랑을 받으셔야...

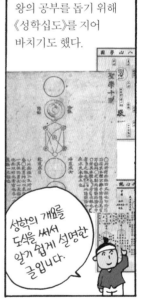

왕의 공부를 돕기 위해 《성학십도》를 지어 바치기도 했다.

성학의 개요를 도식을 써서 알기 쉽게 설명한 글입니다.

그러고는 얼마 안 있어 다시 낙향 길에 오른다.

꼭 가셔야 하십니까?

가야지. 늙고 병든 데다 난 경세가로선 재주가 없어요.

신진 사림은 이황의 낙향에 다른 이유가 있다고 판단했다.

선생님~

훌쩍

재상이 되지 못한 건 대신들이 조직적으로 방해했기 때문이야.

때문에 일을 이룰 수 없다고 여기신 선생께서 할 수 없이 낙향하신 거라고.

대신들의 중심인 영의정 이준경.

뭐야?

일찍이 정광필, 김안국 등으로부터 재목으로 기대를 받았던 인물로, 형 이윤경과 함께 강직하기로 이름 높았다.

9권을 본 분은 아시겠지만 을묘왜변 때도 우리 형제가 역할 좀 했죠.

비록 윤원형 등이 주도하는 부정한 흐름을 막지는 못했지만,

어려운 시절, 현장에서 지조를 잃지
않았다는 자부심이 있었다.

물러나 절개를
지키는 일보다
현장에 남아
지키는 쪽이 더
어려운 법이야.

그런데 젊은 사류들은
처사들만 최고라지.
쳇, 안전한 곳에 물러나
공부만 하는 일이 뭐 그리
대단하다고?

흥!

상경한 이황이나 조식을 먼저 찾아가보지 않았고,

저들이 영상인
날 찾아오는 게
예에 맞지,
내가 찾아가리?

찾아온 이황에게 이렇게 말했다.

아, 네

난 조정암
이외엔 누구도
인정하지 않소.

그대도!

또 이런 말도
한 적이 있다.

이황은
한 마리
산새라고나
할까?
길들여지지
않는.

젊은 사람은 분개했고,

이준경
따위가?!

역시 새 시대를
같이할 인물이
못 돼!

이준경만이 아냐.
윤원형 밑에서
한자리 했던 양반들은
이제 그만 물러날
때가 됐지.

이준경, 홍섬 등 대신들을 사라져야 할 구신으로 몰아붙였다.

도대체 그 사람들이 지난 시절에 한 일이 무엇입니까?

할 말도 못하고 녹이나 축낸 자들입니다.

이에 대신들도 기대승 등을 조광조의 과격함에 빗대 '소기묘'라 공격하면서

고얀 놈들 같으니,

우리가 왜 불명예스럽게 물러나야 한단 말이냐?

조정은 노(老)당과 소(小)당으로 갈려 반목하게 되었다.

구시대의 잔재!

철부지 과격파들!

이에 수세에 몰려 있던 잔존 윤원형 세력이 슬그머니 노당에 편승해 사림을 해하려고도 했으나

싸가지 없는 자들입니다. 이 기회에 아주 싸그리…

응?

이준경이 호응하지 않으면서 쫓겨나기도 했다.

나를 남곤으로 만들 셈이냐? 사람 뭘로 보고.

한편 노·소 갈등의 격화에 부담을 느낀 기대승은 사직서를 올리고

낙향을 택했다. 그렇게 선조 초기의 상황은 정리되고 있었다.

낙향은 퇴계 선생의 권고이기도 하다우.

이이의 등장

기대승이 낙향한 후 경연의 주인공이자 신진 사림의 이데올로그로 떠오른 이는 단연 이이였다.

아니, 기대승의 낙향 이전에 이미 기대승과는 다른 모습으로 강렬하게 존재감을 드러냈다.

오우! 이이!

과연 소문대로야.

말보다 글을 먼저 익혔다던가?

아우야

세 살에 시를 짓고,

석류는 껍질 속에 부서진 붉은 구슬을 담고 있네.

일곱 살에 경서를 섭렵하기 시작했으며,

열세 살에 진사시에 장원한 천재.

열여섯에 스승이기도 한 어머니 사임당 신씨를 잃고 깊은 실의에 빠진다. 3년 여묘살이를 마치고도 슬픔은 가라앉지 않았다.

이때 이이는 죽은 뒤에까지도 두고두고 비난받게 되는 결정을 내린다.

삶이란 무엇이고 죽음이란 또 무엇이란 말인가? … 그래!

금강산의 절로 들어간 것이다. 이때 나이 열아홉.

불경에 그 답이 있을지도.

법명까지 받았던 것으로 보아 머리도 깎지 않았을까?

입산한 그는 1년 동안 불경을 파고들었고,

승려들은 이렇게 수군거렸다 한다.

생불이 나타나신 거야!

어느 날 다시 유교 경서를 펴든 그는 문득 깨달음을 얻었고,

그 길로 하산했다.

내가 찾는 답은 성학에 있었어.

돌아와 다시 성리학 공부에 전념하니 20대에 이미 학문적으로 일가를 이루게 되었다.

29세가 되는 명종 19년에 문과에 장원급제 하면서 관직에 들어선 뒤

선조 1년 홍문관 교리에 제수되면서 경연에 임하게 되는데,

신 이이 아뢰옵니다.

경연장은 곧 그의 독무대로 바뀐다.

쫠쫠쫠쫠 쫠쫠쫠쫠…

그는 이황은 물론 기대승과도 정세에 대한 판단이 달랐다.

이황은 사화 시대의 인물. 아까운 선비들이 한순간에 사라지는 것을 숱하게 지켜봤다.

그 때문에 그는 물러나 화를 피하면서 학문과 후학 양성에 전념했고,

절의를 앞세운 그의 사상은 신진 사림을 매료시켜 새 시대의 사상적 기반이 되었다.

퇴계 선생께서 말씀하시길…

퇴계

퇴계

그러나 이황은 변화된 상황에도 여전히 불안을 느꼈던 것 같다. 기대승에게 낙향을 권한 것을 보면.

저도 같은 생각입니다. 선생님.

반면 이이는 권신·척신 세력이 맥없이 무너지는 것을 보았고,

난정아아..

사림이 시대의 주역으로 떠오르는 도도한 흐름을 확인했다.

지금은 조정암 시절과도 다르다. 그때는 반대 세력이 조정 안팎에 따리를 틀고 있었지만 지금은 한 줌도 안 돼.

시대의 요구에 맞게 새로운 세상을 과감히 열어나가야 한다. 그러기 위해 우선 중요한 일은 제대로 된 역사 바로 세우기!

그는 역사 바로 세우기의 핵심인 을사 삭훈과 전면 신원을 들고나왔다. 그의 주장인즉,

을사사화는 윤원형, 이기 등이 조작하여

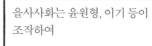

윤임, 유관, 유인숙, 계림군, 봉성군 등을 화의 구덩이로 몰아넣은 것이 그 본질이라는 것.

따라서 가해자들에게 준 공신 책봉은 취소되어야 하고

피해자들은 전원 신원되어야 한다는 것이다.

그렇게 함으로써 명분을 바로 세우고 국시를 정립해야 할 것이옵니다.

경연장에 입시해 있던 이준경은 깜짝 놀랐다.

정국공신에 대한 훈적 삭제를 주장하다 화를 입은 조광조의 일이 떠올랐을 것이다.

이 친구가 어쩌자고······

이이의 말도 옳긴 하오나 선왕조의 일을 갑자기 고칠 순 없사옵니다.

그렇지 않사옵니다. 하늘에 계신 (명종의) 영령께서도 이미 그들(윤원형 등)의 간악함을 꿰뚫어 보고 계실 것이온데 어찌 할 수 없겠나이까?

헐~ 기대승보다도 더 막가는 위인일세

사실 전면적인 위훈 삭제는 신진 사림도 이준경과 인식을 같이하고 있었다.

그러나 이이의 제기로 인식의 변화가 생겼고,

홍문관을 필두로

급기야 온 조정이 한목소리로 요구하게 된다.

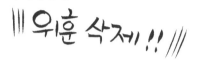

그러나 왕은 조심스러웠다.

오래도록 거부하다가 선조 10년에 이르러서야 수용한다.

이이는 천재 소리를 들으며 최고의 엘리트로 살아온 이답지 않게

나라와 백성이 처한 구체적 현실에 깊은 관심을 가졌고, 문제 해결에 대해

절박한 사명감을 지니게 되었다.

경연이나 상소를 통해 나타난 그의 발언은 이황, 기대승, 유희춘, 김우옹 등 당대의 다른 석학들과 확연히 달랐다.

전하! 신 이이가...

다른 이들은 대개 원칙론적인 이야기에 머물렀지만,

수성에 힘쓰소서.

학문에 정성을

어진 이를 널리 불러 쓰시옵고

백성을 사랑하셔야

이이는 그날의 교재가 무엇이었든지 기가 막힐 정도로 하나의 결론을 이끌어냈다.

오늘의 결론은 경장입니다. (更張)

또?

경연에서의 발언과 상소문을 통해 그의 현실 인식과 해법에 대해 살펴보자.

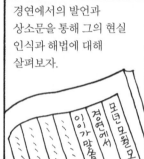

각 시대마다 숭상한 바가 있습니다. (가령 전국시대엔 부국강병이었지요.) 임금으로서 한 시대의 사조가 어떠한지를 살피고 사조가 잘못되었다면 그 폐단을 바로잡아야 합니다.

정치를 하려면 먼저 시대를 바로 알아야 합니다. 임금이 잘하려는 의욕이 있어도 권신이 국정을 독단하거나 전쟁이 일어나 소란스러우면 뜻이 있어도 성취하기 어렵습니다.

다행히 지금은 권간이나 전쟁이 없으니 지금이야말로 전하께옵서 급급히 하셔야 할 때이옵니다.

(선조 2년 8월 16일, 경연에서)

이대로 구습을 답습한다면 다시 기대할 것이 없게 됩니다. 반드시 위에서 큰 뜻을 분발하시어 지난 잘못을 깊이 뉘우치고 대신과 백료를 신칙하여 일시에 일으킴으로써 기강을 세워야 나라를 다스릴 수 있나이다.

우리나라가 다스려지지 않은 것은 오래되었습니다. 오직 세종대왕의 정치가 참으로 본받을 만한데 그때는 사람을 쓸 적에 상례에 얽매이지 않고 어진 사람에게 맡겼으며 재능 있는 사람을 부려 각기 그 능력에 맞게 하셨으므로 어진 사람과 불초한 사람의 분수가 정해졌습니다.

조광조는 중종의 지우을 받아 큰일을 할 희망이 있었으나 연소한 사류로서 일을 점진적으로 하지 못하여 소요를 면하지 못했으므로 소인이 틈을 타서 사람을 해쳤기 때문에 지금까지도 일을 맡은 자들이 기묘년의 일을 경계하고 있습니다.
기묘년의 사람들이 일을 점진적으로 하지 못한 것은 잘못이었으나 어찌 오늘날 전혀 하지 않은 것보다야 낫지 않겠습니까?

(선조 6년 10월 12일 면대하고서)

민생의 극심한 폐해를 바로 잡으려면 옛 법을 경장하지 않을 수 없습니다. 대개 법이 오래되면 반드시 폐단이 생기는데 이는 고금의 공통된 걱정거리이옵니다.

폐단이 큰 옛 법을 그대로 두고 경장하지 않는다면 진실로 착한 정치를 기대할 수 없사옵니다.

(선조 7년 2월 1일 경연에서 조조, 당 태종 등에 대해 논의한 뒤)

(오늘의 형세는) 반드시 경장을 한 뒤에야 백성을 구제할 수 있는 형세이옵니다. 그런데도 도리어 경장을 말하면 일 만들기를 좋아한다 하니 이런 상태가 계속된다면 조정에 좋은 계책과 정직한 의논이 귀에 가득할지라도 백성의 곤궁과 재정의 곤궁엔 아무런 도움이 없어 마침내는 난망하고 말 것이옵니다.

(선조 8년 6월 24일 아뢰다)

＊신칙(申飭): 거듭하여 단단히 타이름.
＊지우(知遇): 다른 사람이 나의 사람됨이나 능력을 알고 잘 대해줌.

오늘날 국사가 안으로는 기강이 무너져 백관이 맡은 직무를 수행하지 않고 박으로는 백성이 궁핍하여 재물이 바닥나고 따라서 병력이 허약합니다.

만일 무사히 날짜만을 보낸다면 혹 지탱할 수 있겠지만 전쟁이라도 일어난다면 반드시 토붕와해(土崩瓦解)되어 다시 구제할 계책이 없을 것입니다.

(선조 14년 2월 26일 경연에서)

예로부터 중엽에 이르면 안일에 젖어 쇠약해지게 마련입니다. 우리나라도 200년이 되어 이제 중엽으로 쇠퇴해가는 시기이니 진정 천명을 이어주어야 합니다.

(선조 14년 7월 경연에서)

우리나라는 오래도록 평화를 누려 태만함이 날로 더해 안팎이 텅 비고 군대와 식량이 부족한 상황이어서 하찮은 오랑캐가 변경만 침범해도 온 나라가 놀라 술렁이는 형편이옵니다. 행여 큰 적이라도 침범해온다면 아무리 지혜로운 자라도 계책을 써볼 수도 없을 것이옵니다.

(선조 16년 2월 상소 중에서)

종합해보면 율곡의 생각은 이렇게 요약될 수 있겠다.

우리나라는 개국한 지 이미 오래되어 초기의 건강함을 잃고 쇠락해가고 있다.

여기에 사화와 권신, 척신 들의 전횡까지 더해져 백성의 피폐함은 극에 이르렀고

나라의 재정은 고갈되어 유사시를 대비할 수 없게 되었다.

짤랑

짤그랑

이러니 외침이라도 있게 되면 토붕와해되어 하루아침에 무너져내릴 터. 이런 날을 넋 놓고 기다리지 않으려면,

＊토붕와해(土崩瓦解): 흙이 무너지고 기와가 깨짐. 사물이나 조직 등이 완전히 무너져버림.

바로 경장이 필요하다!

경장을 이루려면 무엇보다도 임금이 그 필요성을 통감하고 뜻을 굳게 세워야 한다.

그런 연후에 유능한 인재들을 배치하고 낡은 법들을 고쳐 백성의 생활을 안정시킨다.

백성이 안정되어야 국부가 늘어나고, 그럴 때만이 국방력을 제고하여 만일의 사태에 대처할 수 있다.

유명한 십만 양병 건의도 이런 생각에서 나왔던 것이다.

미리 십만 군사를 양성하여 뜻밖의 변란에 대비해야 합니다.

그러나 세상은 율곡의 주장에 귀 기울이지 않고,

거꾸로 골치 아픈 숙제를 떠안겼다.

동서 분당이 그것이다.

동서 분당

원로 사림인 이황과 조식이
세상을 뜬 뒤 얼마 안 있어

노당의 영수 격인 이준경이
죽고(선조 5년 7월)

이어 소당의 영수 격인 기대승도
낙향 길에 병을 얻어 죽고
말았다.

쯧쯧
이제 겨우
마흔여섯인데

이로써 노당과
소당의 대립은
일단락되었다.
그런데

노당은 구심점을 잃고 사실상 와해되었지만, 소당은 더욱더
기세를 올리며 대세를 장악하게 된다.

세상은 우리가 끌고 간다!

우리는
흘러간
물이라네.

돌아온 선배 사림인 유희춘,
백인걸, 노수신 등도 후배들과
뜻을 같이했다.

같은 뿌리니까.

한편 이준경은 죽기 전 임금에게 유서를 남겼다.

지하로 가는 신 이준경은 삼가 네 가지 조목을 청하오니

첫째 학문이 중요하옵니다.
둘째 아랫사람을 대함에 위의가 있어야
셋째 군자와 소인을 분별하셔야
넷째 붕당의 사론(私論)이 없어야 하옵니다. 지금의 사람들은 잘못한 과실이 없고, 또 법에 어긋나는 일이 없더라도 자기와 한마디만 맞지 않으면 배척하고 용납하질 않습니다.

붕당의 결성은 반역 예비 음모로 다루어지던 게 관례여서 사림은 그의 유언에 불쾌해했다.

조광조가 화를 입은 것도 바로 붕당의 혐의 때문이 아니던가?

그런데 생각 없이 붕당을 운운하다니

옛사람은 죽을 때가 되면 그 말이 선해진다고 했는데 준경은 말이 악하구나.

그런데 이준경이 죽기 직전

김효원이 이조 정랑의 물망에 오르더군.

이조 정랑(정5품), 이조 좌랑(정6품)은 특별한 직책이다. 품계는 낮지만 문관 추천권, 삼사 관원 임명 때 동의권, 자기 후임 추천권 등 강력한 권한을 가진 요직이었다.

때문에 동기들 중 1순위 친구들이 가는 자리죠.

일단 거치고 나면 출셋길이 보장되는 자리이기도.

김효원은 장원급제 출신에다 학문이나 행실에서 젊은 사류들 사이에 명망이 높았다.

김효원이면 적임자라 할 수 있지.

그럼 딱이지.

도리어 너무 늦은 감이 있어.

이때 한 사람이 반대 발언을 했다.

김효원이라고? 나는 그 친구를 좋게 보지 않네.

응? 아니 왜?

일전에 내가 의정부 사인으로 윤원형의 집에 심부름을 갔었는데

글쎄 그 친구가 거기서 기숙하고 있더라고.

의성대비의 오라비인 심의겸이었다.

권간 집에 더부살이하는 바른 선비도 있다던가?

명종 말기 이래 막강한 영향력을 행사해온 그는 나름의 신망도 있었지만

외척 중에선 나은 외척이지.

암!

사림도 아낄 줄 알고. 사실 그가 없었다면 이량에 의해 사림이 큰 화를 입었을 걸세. (9권 140~143쪽 참조.)

비판적인 시각도 적지 않았다. 특히 신진 사림 사이에서는 더욱 그랬다.

흥, 그래 봐야 외척 아닌가?

20년간이나 외척이 전횡을 일삼아 나라가 결딴나게 생겼는데 외척이 어딜 또 나서?

심의겸도 청산 대상일 뿐이야.

2년 후 김효원은 결국 이조 정랑이 되었다.

심의겸! 어디 두고 보자.

공교롭게도 이듬해 김효원의 후임자로 심충겸이 거론되었다.

심충겸이라면 심의겸의 동생이잖아.

장원급제 한 위인이니 자격이야 충분하지만

후임 추천권을 가진 김효원이 어찌 반응할지 ……

얄궂게 되었네.

보란 듯이 김효원이 반대를 한다.

아니, 정랑 자리가 무슨 외척의 전유물이랍니까?

저는 이발을 후임으로 추천합니다.

김효원! 그자가 감히…

여론은 두 부류로 나뉘었다.

이건 명백히 김효원의 사사로운 보복일세.

심의겸이 먼저 시비를 걸었잖아. 외척이면 자중해야 할 때이거늘.

심!

김!

양측의 주장은 갈수록 서로에게 적대적인 방향으로 발전했다.

으르렁

으르렁

이리하여 조정에는 서로 적대적인 두 세력이 자리 잡게 되었는데, 세간에서는 이들을 동인, 서인이라 불렀다.

우리는 서인! 심의겸의 집이 서쪽인 정릉동에 있다고 해서 얻은 이름이라우.

동쪽 건천방에 위치한 김효원과 뜻을 같이하는 우리는 동인!

자알들 헌다. 고생 끝에 기껏 권력을 잡으니 바로 쪼개지는구먼.

이이는 양측의 대립을
불안하게 지켜보았다.

이러다가
큰일이
나겠어.

두 사람 모두 사류이니
흑백과 사정(邪正)으로
가를 일이 못 됩니다.

대신께서 두 사람을
외직으로 내보내도록 아뢰어
여론을 진정시키심이
옳습니다.

음…
잘될까?

우의정 노수신이 아뢰었고,

알겠습니다.

심의겸은 개성 유수로
김효원은 경흥 부사로
부임토록 하라!

아니…

동인은 불평했고,

뭐야?
심의겸은
코앞의 개성이고
김효원은
극변의
경흥이잖아.

이이가 다시 나서서
청하여

김효원은
병이 있다 하니
가까운 곳으로
옮겨주소서.

김효원은 삼척 부사로 옮겨올 수
있었다. 그래도 동인은 여전히
불만스러워했다.

이이는
중간에서
왜 저래?

소인을 내쳐야지
왜 선비를 내치게
하냔 말이야.

동인은 서경덕의 제자인 허엽,

이황 문하의 유성룡, 김성일,

조식 문하의 정인홍, 호남의 문인 이발 등을 필두로 하여

명망 있는 청년 사림의 대다수를 망라하고 있었다.

반면에 서인 측은 윤두수, 윤근수 형제, 김계휘, 정철 등 상대적으로 선배 격인 사림으로 수적으로 절대 열세였다.

따라서 동인은 이렇게 생각했다.

보라고. 우리의 의견이 사림 다수의 의견이야. 다시 말해 공론이다 이 말이야!

공론을 따르면 될 일을 이이는 왜 중립인 양 하면서 서인의 기를 살리는 거냐고? 무늬만 중립이고 속은 서인 아냐?

김효원이 옳고 심의겸은 소인이야.

그러나 율곡의 시각은 달랐다.

다수라고 곧 정의일 수는 없는 법, 의겸과 효원의 다툼을 논한다면 둘 다 잘못이나 재능을 말한다면 둘 다 쓸 만하다.

또 효원은 우수하고 의겸은 용렬하다고 한다면 말이 되지만 효원이 옳고 의겸이 그르다고 하는 건 사리상 옳지 못하다.

공께서는 양쪽 다 옳다고 얼버무리시는데 천하에 어찌 둘 다 옳고 둘 다 그른 것이 있소이까?

양시양비론 물러가라!

왜 없겠소이까? 무왕이 주를 친 것이나 백이가 말고삐를 잡고 간한 것은 모두 옳은 일이고 전국 시대 제후들의 전쟁은 모두 그른 것이오.

이이는 양자의 화평을 위해 고군분투했다.

이이는 동인 강경파 이발과 서인 강경파 정철에게 당부했다.

두 분이서 마음을 함께해 협조해 나가면 큰 탈이 없을 것입니다.

알ㅆㅣ겠습니다.

이이를 따르던 이발과 이이와 친한 정철이 손을 잡으며 불안한 평화가 얼마간 지속되었다.

김우옹 정도가 이이의 중재 노력을 지지하는 정도.

그러나 수면 아래에서는 서로에 대한 적대감이 계속 자라나고 있었다.

부글 부글

외로운 율곡

퇴락해가는 조선은 시대의 문제를 제대로
파악하고 해결의 실마리를 찾아낸
한 인물을 준비했다.

시대는 또한 박순, 성혼, 유성룡, 이산해, 정인홍,
이발 등 뛰어난 인물들을 한꺼번에 쏟아냈다.

그러나
시대의 병은
치유되지 못했다.

율곡은 냉철함과
뜨거움이 잘
조화된 인물.
젊은 나이에
이미 학문적으로
일가를
이루었을 뿐 아니라

세상에 대한 애정 또한 뜨거워
평생 경장을 외친 경세가였다.

경

장!

그렇게 이황과 조광조를 한 몸에
모아놓은 듯한 그였지만,
유종(儒宗)은 되지 못했다.

기대승 때까지만 해도 시대정신을 이해하고
학문적 명성을 얻으면 유종으로 받들어지고는
했으나, 시대가 달라졌다.

예전엔
사람이 하나였지만
지금은 동,서로
양분됐으니…

그뿐이 아냐.
같은 동인 내에도
누구에게서
배웠는가를
기준으로 학파가
나누어져
있다던걸.

율곡은
누구 밑에서
배웠지?

독학 했잖아.

애초부터 조정의 신진 사림
중에 이이의 학문적 동료는 없었다.

…

오히려 성균관에 있을 때는
노골적으로 왕따를
당하기도 했다.

중 출신이라며?

아, 존심 상해.
중과 같이 공부를
해야 하다니.

이봐,
땡중!

뭐야, 저 친구.
낯빛 하나
안 바꾸는데?

물건은
물건인 모양이야.

첫!

＊유종(儒宗): 유학을 공부하는 사람들이 스승으로 우러러보는 사람.

그는 서경덕이나 이황, 조식을
높이 평가하면서도
그들의 학설이나 처신을
비판적인 눈길로
바라보았다.

서화담은 너무
기에 기울었고
이퇴계는 너무
이에 기울었어.
조식은 …

반면 서경덕의 제자들은 서경덕을, 이황의 제자들은
이황을, 조식의 제자들은 조식을 절대화하는
경향이 강했다.

화담!
화담!

퇴계!
퇴계!

남명!
남명!

그들은 스승의 학문을
옹호하고 따르는 것을
우선했다.

여기에
독학파인
율곡과의
차이가 있다.

다음은 선조 6년 11월
경연장의 풍경이다.

정몽주가 도학을
세운 이래
김굉필, 조광조 같은
이가 도학을 한
이들이온데

공부하는 데 상세한
방법을 몰랐습니다.
그 외에도 학문한다는
사람들이 있었지만
거의가 모양을 이루지
못했습니다.

하오나
이황의 경우는
언론과 세평을
들컨대,

옛사람의 학문을 참으로 안 사람이어서 진실로 비낄 이가 없사옵니다.

다만 자품과 정신이 옛사람에게 미치지 못하는 듯한데 전하께오서도 아마 이 때문에 부족하게 여기시는 듯하옵니다.

옆에 있던 이는 이황의 제자 김성일.

발끈

이황의 학문은 하늘의 해와 같은데 어찌 언론, 세평의 한두 가지로 말할 수 있겠나이까? 이이의 말은 옳지 않사옵니다.

아……

이에 앞서 학문적으로도 이황의 학설을 비판했던 이이다.

사단칠정 논쟁은 기대승이 옳아.

그런 이이를 이황의 제자들로서는 쉽게 받아들이기 어려웠으리라.

감히 어디서 맞먹으려고 드는 거야?

새파란 친구가 건방지게……

선조 8년 5월에는 서경덕의 학문을 비판해 제자인 허엽의 분노를 샀다.

＊자품(資稟): 사람의 타고난 바탕과 성품.

조식에 대해서도 그랬다.
그렇게 율곡은 각 학파로부터
미움을 샀다.

흥! 잘나면 지가 얼마나 잘났다고?

또한 유학자들은 태생적으로
보수적이기 쉬워서

옛 성현의 말씀과 조종의 옛 법을 따르는 게 바른 정치의 지름길이지.

←노소불문

유성룡도 이렇게 말하고는 했다.

율곡은 학문이 깊고 인품도 훌륭하나 지나치게 고치려 드는 게 문제야.

이런 환경에서 경장 주장이 힘을 얻는
길은 왕의 지지밖에 없다 하겠다.

하지만

왕도 율곡을 마음에 들어 하지
않았다.

과격한 주장만 일삼는 데다 나를 대하는 태도도 맘에 안 들어.

율곡은 적당히 넘어가는 법이 없었다. 하루는 누가 북방이
텅 비었다며 장수를 골라 대비해야 한다고 아뢰었다.

조정에 큰소리치는 자들이 많은데 뭐가 걱정이냐?

만일 오랑캐 기병들이 쳐들어 온다면 큰소리친 자들에게 막게 하겠다.

유학자들의 평소 행태에 대해 가졌던 불만을 드러낸 것인데,

큰소리치는 사람이란 어떤 이를 말씀하시는 것이옵니까?

만일 실속 없이 큰소리만 치는 사람이라면 임용했다간 일을 망칠 것이옵니다. 그게 아니고 옛것을 좋아하고 선인을 좋아하는 사람을 큰소리친다고 여기셨다면 성상의 전교는 옳지 않사옵니다.

임금의 말씀은 한번 나오면 사방에 전해지는 것이니 그 말씀이 좋지 않으면 천 리 밖에서부터 그 명을 따르지 않는 법이옵니다.

그런데 지금 전하께오서 유자들을 큰소리친다고 지목하시어 북쪽으로 보낸다 하시니 ```` 좔좔좔

중종대왕께서 조광조 때문에 얼마나 짜증났을지 알 것 같네.

왕의 기분을 고려해 듣기 좋게 말할 줄도 모른다.

무릇 임금은 구중에 깊이 계시면서도 참다운 덕이 있다면 백성이 보고 느껴 사방이 감동하는 법인데

백성이 초췌하고
풍속이 퇴폐한 것이
오늘날보다
심한 때가 일찍이
없었사옵니다.

그래,
내가 가장
덕이 부족한
임금이다.
쓰~

왕은 이이의 주장에 귀 기울이지
않았고,

그렇긴
하다만
,,,

그러면 지체 없이 사직하여
물러났다.

다시 부르면 사양하다가

신은
재주도
없는 데다
병이 있어
,,,

나오면 또…….

글쎄
그거는
말이지
,,,

경장!

도대체가
바뀌질 않네그려.
너무 교격(矯激)해.
그래, 물러가라.
가서 인격을 좀더
성숙시키면 그때
써줄게.

물러나면 이황처럼 학문과 교육에 힘썼다.

＊교격(矯激): 굳세고 과격함.

그러나 이황과는 달리 물러나서도 늘 중앙 정치의 흐름에 관심을 기울였다.

여러 차례 소를 올려 바른 정치와 경장의 필요성을 논했으며,

동·서의 화합에 힘을 보태려 했다.

그러나 6~7년 동안의 동·서 화합 노력 또한 선조 14년에 파탄을 맞는다.

사림, 특히 동인의 신뢰도 얻지 못하고 임금의 신임도 얻지 못했는데 성공할 리가 만무하지.

동인은 서인인 윤두수 형제와 조카가 뇌물을 받았다고 탄핵해 무리하게 조사함으로써 서인의 분노를 사더니,

다 알고 있느니라. 윤씨들이 맡긴 쌀을 어디로 숨겼느냐? 바른대로 고하렷다.

글쎄 그런 일이 없대도요.

이발, 정인홍 등은 기어코 심의겸을 탄핵하려 했다.

내가 처리함세.

이이와 성혼이 만류했다.

의겸은 이제 어미 잃은 병아리일 뿐이오.

그를 논핵하면 사림들의 의혹을 일으켜 소란이 일 것이오.

정인홍과 같은 조식의 문하인 김우옹도 만류했다.

그래요. 이 탄핵은 없던 일로 하십시다.

알겠습니다. 다들 그리 말씀하시니 그만두지요. 다만 이 사람은 여기에 있으면서도 입을 닫을 순 없으니 고향으로 돌아가겠습니다.

그러자 이발이 이이를 찾아와 말하기를,

사류들이 공을 신뢰하지 않는 이유는 공께서 의경을 버리지 않을 것이라고 생각하기 때문입니다. 공이 그와 절연한다면 다들 심복할 것이나 그러지 않으면 당장 정인홍도 떠나버릴 것입니다.

정인홍은 조식 계열을 대표하는 명망가. 그가 떠나버리면 그쪽 사람들은 더욱 극렬해지겠지.

의경에겐 미안한 일이나 이로써 분쟁이 가라앉는다면...

좋소. 대신 초안은 내가 직접 잡겠소.

그리하시지요.

청양군 심의겸은 외척으로 권세를 탐해
사림의 마음을 잃게 되었습니다.
근년 이래 조정의 논의가 흩어져 보합할 수
없게 된 것은 실로 이 사람으로 연유한 것이오니
파직을 명해 인심을 진정시키소서.

이 정도면 논계가
타당하고 무난하니
다른 내용을
첨가해서는
아니 되오.

잘
알겠습니다.

그러나 정인홍은 자신이
쓰고 싶었던 한마디를
덧붙이고 만다.

사류를 끌어들여
성세를 돕게 했다.

여기에 적힌
사류란 누구를
이르는 것인가?

꿀꺽

동료들과
의논한 뒤
아뢰겠나이다.

무슨 소리냐?
글을 올렸으면 당연히
알고 있을 터,
지금 답하여라!

정철, 윤두수, 윤근수 등이온데 이들은
서로 맺고 성원하고 형세를 엿보았나이다.

엉?

＊성세(聲勢): 높은 명성과 위세.

이런 법이 어딨소?
정철은 지조 있는 선비요.
지난번 상소에서 내가 정철의
위인됨을 칭찬했는데 이젠 내가
우스운 사람이 되어버렸소.
그대가 피혐하고 정철을 위해
사실을 밝혀야 할 것이오.
안 그러면 내가 피혐하겠소.

정인홍은 한발 물러섰다.

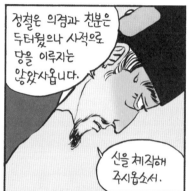

정철은 의겸과 친분은
두터웠으나 사적으로
당을 이루지는
않았사옵니다.

신을 체직해
주시옵소서.

그러고는 낙향해버리자

이런 상소가 잇달았고,

인홍은
죄가
없사옵니다.

인홍이 왜
피혐해야
하옵니까?

이에 이이도, 정철도
사직하기에 이른다.

이렇게 동·서의 불안한 합의는 깨어지고 분당은
되돌릴 수 없는 정치 현실로 자리 잡았다.

어찌할
셈인가?

나 역시
낙향할까
하네.

잘 가세.

그 술좀
줄이고

잘 왔네.
참, 이발 말일세.
너무 좋아하지
말게. 심술이
안 좋아.

*피혐(避嫌): 사헌부에서 탄핵하는 사건에 관련이 있는 벼슬아치가 벼슬에서 물러남.

선조의 붕당정치

임금 수업도 받은 일 없이

궐 안팎에 믿고 의지할 만한 정치 세력도 없이 임금 노릇을
하게 된 선조.

성리학으로 무장하고 화려한 언변을
자랑하는 신진 사림이 조정에 가득 찬
상황이다.

자칫하면 신하들에게 휘둘리기 십상인데,
그러나 선조가 누군가? 어린 나이에도 기지를
발휘해 두 형을 제치고 옥좌를 차지한
인물 아닌가?(제9권 160~161쪽 참조)

그는 새로운 정치 환경으로 자리 잡은 붕당들의 존재에 주목했다.

왕은 붕당을 타파해야 할 역모 혐의자가
아니라 때로는 협력하고 때로는 견제하며
정치를 함께 해나갈 파트너로 받아들였다.

대사헌, 대사간 직책에
주로 두던 이이를
이조 판서에
제수하더니
(선조 15년 7월)

몇 달 뒤에 우찬성,
다시 병조 판서에
등용했다.

왕의 신임은 전에 없이 각별해서

이이는 때가 왔다고 여기고 의욕적으로 일했다.

우와! 책상물림인 줄
알았는데

일송씨가
예술이네.

경장 주장도 구체화했다.

토지와 인민 수의 많고
적음에 상관없이
공역의 배정에 차이가
없고 토산품이 아닌
온갖 물품을 배정하는 등
공납의 문제는 실로
심각하옵니다.

유능한 이에게 맡겨
토산품으로만 고르게
배정하도록 공안을
개장하소서.

잔폐한 고을들을 통폐합하고
관찰사의 임기를 늘려 백성의
신뢰를 쌓을 수 있어야
할 것입니다.

그리고 균적의 개혁은···
서얼 문제는···

이와 같은 신의 계책을 채택하여 인재를 얻어 정사를 맡기고 기강을 바로잡아 폐단을 개혁하는 데 흔들리지 마소서.
만일 3년을 이와 같이 했는데도 회복되지 않는다면 신을 기망죄로 다스리소서!

왕도 전에 없이 전폭적으로 호응하는 모습을 보여주었다.

경의 상소를 보니 예나 지금이나 정성스럽소. 공안 건은 지금처럼 일이 많을 때 한꺼번에 거행하기 어려울 듯하오.
균적 건은 이미 명을 받들게 했고 주현을 합병하는 문제는 시험해 보겠소. 그리고 감사의 임기를 늘리는 등 그 밖의 사안들은 비변사의 의견을 물어보겠소.

그런데 의욕이 과했던 탓일까? 율곡은 실수를 범하고 만다.

이즈음 북방 호인(胡人)들이 국경을 침범하는 일이 잦았다.

그런데도 병마가 부족해 적절히 대응하기가 힘들어. 어떡한다?··· 그래.

북방인들 중 말을 바치는 자에겐 군역을 면제해 준다고 하라.

예, 알겠습니다.

문제는 이 조치를 먼저 시행하고 나서야 보고한 것.

그런 일이 있었는가?

이이! 이제 죽었다.

그리고 또 하루는 왕이 불렀는데, 병이 있어 병조에만 들르고

승정원을 찾지 않았다. 동인 중심의 삼사가 일제히 탄핵에 나섰다.

이 두가지는 권세를 멋대로 한 죄이고 임금을 업신여긴 죄입니다. 결단코 용서할 수 없사옵니다.

그러하옵니다! 이이야말로 나라를 그르칠 소인이옵니다. (誤國小人)

흥! 오국소인이라고? 전부터 이이는 신진들의 미움을 받은 지 오래되었다. 그러다 그의 실수가 있자 때를 놓칠세라 기어코 제거하려는 것 아니냐?

다른 공경대부들도 부름을 받고 오지 않은 이 많았건만 그들이 임금을 업신여겼다고 공박한 경우는 없었다.

성혼이 즉각 이이를 옹호하는 소를 올렸다.

성혼의 상소를 보니 충분히 격렬하여 간사한 무리의 간담이 서늘해질 것이다.

그러나 삼사는 물러서지 않았다.
대사간 송응개가 포문을 열었다.

이이는 원래 중으로 임금과 어버이를 버리고 인륜에 죄를 지었습니다.

급제 후엔 심의겸의 추천으로 청현의 길에 들어섰고 그와 심복 관계를 맺었습니다.

의겸의 단점을 말하고 효원의 장점을 거론하며 지극히 공정한 척했으나 이는 세상과 전하를 속인 것입니다. (따지고 보면 그가 한 일들은 다) 터놓고 지지하지는 않았으나 다 의겸을 위한 것이옵니다.

박순은 입을 모아 이이를 찬양하며 전하를 속이고 있고 성혼도 박순 등이 추천한 사람으로 이이와는 골육보다도 친분이 두터운 사람입니다.

이이는 참으로 매국의 간물입니다 !
　　　　　　　　　　　(奸物)

이어 계속되는 삼사의 공격, 그러나……

이이는 박순 등과 사실상 심의겸의 당으로서 ```

이에 대해 선조는 탄핵에 주도적인 이들을 유배하는 것으로 답했다. (계미삼찬)

대사간 송응개는 회령에, 박근원은 강계에, 허봉은 종성에 각각 유배하라 !

＊청현(淸顯): 높고 좋은 벼슬.

이조 좌랑 김홍민이 뒤이어
이이와 성혼이 당을 만들었다고
비판하자

이이를 일러
당을 만들었다고
했는데,

선조는 이렇게 응답했다.

나는 주희의 말을
본받아 이이, 성혼의 당에
들어가길 원한다.
지금부터 너희는 나를
이이, 성혼의 당으로
부르도록 하라.

율곡이 파주로 물러나
여러 차례 사직소를
올렸는데, 그때마다
비답을 내렸다.

선조의 일생을 통해
한 신하에게 이토록
애정과 신뢰를 보인 일은
이전에도 이후에도 없다.

아아! 하늘이 우리 나라를 태평의 치세로
만들고 싶지 않은 것인가? 어찌하여 경과 같은
사람이 때를 얻지 못한단 말인가? 아마도 하늘이 경으로
하여금 마음을 다그치고 참을성을 길러 아직 부족한 점을 닦게 하여
장차 이 나라가 곤경에 처했을 때 구원해낼 책임을
맡기려는 것이 아닌가?
하늘이 경에 대해 모든 일에 대처할 수 있도록 사랑하여
주시는 것이리라.

경은 속히 올라와 나를 보지 않으면 안 된다.

율곡

처음엔 동인을
제어하기 위해
이이를 발탁했지만
지내보니 정말로
군자더라고.

……라고 생각했던 것 같다.

＊비답(批答): 상소의 끄트머리에 임금이 적는 대답.

나라의 근본을 수술해야
한다는 일념으로

경장만이
살길이야.

모처럼 왕의 신임 아래
의욕적으로 일했지만,

그 기간은 고작 1년 남짓이었다.

대감마님!

탄핵으로 사직하고
물러난 지 석 달 뒤
49세를 일기로
세상을 뜨고
만 것이다.
(선조 17년 1월)

훌쩍

흑흑

선조를 모시고 17년을 한결같이
경장을 외쳤지만, 세상은
조금도 달라지지 않은 채로
남았고,

그토록 화해를 희망했던
동·서 두 붕당은 이제 새로운
차원의 격렬한 대립으로
치닫게 된다.

죽도
정여립이 최후를 맞은 곳. 정여립은 관군이 잡으러 오자 이곳으로 도망쳐 자살했다. 서인 측이 타살한 뒤
자살로 위장했다는 의혹도 있다. 전라북도 진안군 소재.

제2장

당쟁의 격화와
기축옥사

서인의 실각

율곡이 죽자 잠시 숨을 고른 뒤

동인은 다시 이이와 박순, 성혼, 정철을 심의겸의 당으로 몰아 공격했다.

고독했던 율곡의 가치를 알아준 이들로는 백인걸, 박순, 성혼, 정철 등이 있다.

백인걸은 을사년에 배척되었다가 복귀한 노사림으로 조광조의 제자 중 유일한 생존자.

율곡에게 매료되어 동네방네 율곡을 자랑하고 다녔다.

율곡이 말이지…
율곡은…
율곡이 그러던데……

선조 12년, 동·서 갈등이 한창 심해져갈 때 83세를 일기로 세상을 떴다.

박순은 허엽과 함께 서경덕의 양대 제자. 둘은 절친했지만 동·서로 나뉘면서 멀어졌다.

허엽은 동인의 수장이자 선봉장이지. 오죽하면 별명이 '묘지'일까?

묘지?

卯地! 방위로 정동(正東)을 가리키거든.

서슬 퍼런 성렬대비(문정왕후) 시절, 밀수 단속을 맡아서는

수입 금지 품목인 거 알죠?

이 사람이, 이게 어느 댁 물건인 줄 알아? 의혜공주님 댁 물건이야.

성렬대비의 사위의 물품을 몰수해버려 명성이 높았고,

모르오. 다만 밀수품이란 것만 알 뿐!

을사사화의 주역 가운데 하나인 임백령의 시호를 짓는 일을 맡게 되자

이미 과오가 있으나 고칠 수 있다는 소(昭)와 모습과 거동이 공손하고 아름답다는 공(恭)을 써서 소공이라 하심이 ……

……라고 지음으로써

관직을 박탈당해 도성 밖으로 쫓겨나기도 했다.

이미 과오가 있다니, 고약한 놈 아냐?

윤원형 탄핵도 그가 앞장선 일.
이렇듯 강개한 처신을 해왔기에
사림으로부터 널리 존경을 받았다.
(동 · 서 분당 전까지는)

서경덕의 수제자로 학문적 명성 또한 높았지만,
이를 무기로 남들 위에 서려 하지 않았다.

한참 후배뻘인 율곡을
진심으로 존경하여

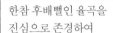

율곡이 낙향했다가 조정에 돌아올 때면
떨 듯이 기뻐했다.

오래도록 정승으로 있으면서
왕에게 율곡을 이해시키려
애썼다.

이이는 교격한
사람이 아니옵니다.
그의 본심은…

율곡이
돌아왔다네.

둘이
사귀나?

ㅋㅋㅋ

성혼은 처사인 성수침의
아들로, 율곡의 오랜 벗.

사단칠정을 둘러싸고 율곡과 몇 년씩 논쟁을 했고,
끝내 의견 일치를 보지 못했지만,

……해서
퇴계 선생의
의견이
옳다고 보네.

아니,
이 문제는
기대승의 주장이
오히려 옳으이.
왜냐하면
……

학문적 견해 차이가 둘 사이에는
아무런 장애가 되지 않았다.

선조 초기에는 거듭된 왕의
부름에도 병을 이유로 출사하지
않고 학문에만 힘썼다.

출사한 이후에는 언제나
율곡과 정치적 입장을
같이했다.

율곡의 길이
나의 길!

송강 정철도 율곡의
오랜 벗.

두 누이가 인종의 귀인, 계림군의
부인이었던 만큼 어린 시절은
호화롭게 보냈다.

대군마마께서
기다리고
계십니다.

계림군 이유가 을사사화로
죽음을 맞으면서 정철의 아비도
유배 길에 올라야 했다.

아비가 유배에서 풀려난 뒤
정철은 전라도에서 이름 있는
유학자인 김인후, 기대승을
찾아가 공부했고, 27세에
장원급제 했다.

그를 설명하는 두 가지 상징은
문장과 술.

국문학사의 큰 봉우리를 차지하는
가사문학의 대가가 아닌가?

강호에 병이 깊어
죽림에 누웠더니
관동 팔백 리에
방면을 맡기시니
아아! 성은이여,
갈수록 망극하다.

그는 술로 인해 여러 실수를 하면서도
평생 술에서 벗어나지 못했다.

한 잔 먹세그려
또 한 잔 먹세그려
꽃 꺾어 세어가며
무진무진 먹세그려
끄~윽

술과 시인적 기질은
정치인 정철을 규정지었다.

격정적이고 과격한 성미로,

흑 아니면
백!

서
아니면
동!

선
아니면
악!

정치적 수사는 체질이
아니었다.

나 한잔
했걸랑
딸꾹.
너 말야~

강직하다는 이름은 얻었으나 서인의 시각으로만
사안을 보려 해서 동인에게 공격의
표적이 되었다.

정여립,

총명하고 언변이
매우 뛰어났다.

과거에 오른 뒤 이이, 성혼의 문하에 드나들었다.

일찍이 이런 말을 했더랬다.

공자가 잘 익은 감이라면
이이는 반쯤 익은 감,
반쯤 익었으니 어찌
다 익지 않겠는가!

그랬던 그가
이발 등과 가까이
지내더니,

율곡이 죽고 나서는
동인 측에 서서
율곡을 공격하는 데
앞장선다.

외로웠던 율곡이지만, 이제는 곳곳에 그의 제자들이 제법 자리 잡고 있다.

정여립! 그 작자가…

의주 목사 서익이 글을 올려 정여립을 비판했다.

다른 이는 몰라도 여립은 그렇게 해선 아니 되옵니다.

이이의 문하생이었으며 이이의 추천으로 출사했고 이이를 공경하는 발언을 쏟아내던 그가 이제는 스승 이이를 욕보이니 같은 여립인데 어찌 이리 다를 수가 있겠사옵니까?

약간의 논란을 거친 뒤

서익의 상소는 천총을 흐리는 글입니다.

동인은 다시 서인의 약한 고리인 심의겸의 파직에 힘을 집중하는데……

심의겸은

심의겸은 권세를 끼고 당파를 만들어 국권을 마음대로 휘둘렀다.

＊천총(天聰): 임금의 총명함.

같은 당파면 추천하여 순식간에 높은 반열에 오르게 했거니와 박순, 정철, 김계휘, 박응남, 윤두수 등이 그들이다.

이이, 성혼은 그에게 농락당하고도 부끄러움을 몰랐다.

선조 18년 9월이었다.

불과 두 해 전과는 무척이나 다른 태도. 선조는 이런 돌변을 이후로도 자주 보여준다.

이로써 서인은 대거 실세하여 낙향하고, 동인이 전권을 장악하게 되었다.
(심의겸은 이때 파직되고 얼마 안 있어 죽었다.)

한편 조헌 등 이이의 제자들은 지속적으로 소를 올려 스승을 옹호했는데,

선조 20년 3월, 조광현 등이 올린 소는 '서인'의 범주가 어떻게 변해왔는지를 흥미롭게 보여준다.

처음엔 심의겸의 친구와 그 무리(윤두수, 김계휘 등)를 칭하더니 다음엔 서인을 구원하는 자(정철 등)를 일러 서인이라 하였고 그 뒤엔 중립하여 치우치지 않는 자 (이이, 성혼)를, 마침내는 이이와 성혼을 높이는 자 (조헌 등 제자들) 들을 서인이라 부릅니다.

동·서 화합을 위해 뛰었던 이이가 어느덧 서인의 종주로 자리 잡게 된 것이다.

허어 참……

실제로 이후의 서인은 이이, 성혼의 제자들을 이르게 되죠.

정여립의 역모 사건

초강경 상소로 서인을
옹호하고 동인 집권자들을
극력 탄핵한

서인 강경파 조헌을
길주로 유배하고,

서인의 영수로 불리던 박순이
67세를 일기로 세상을 뜬
선조 22년(1589),

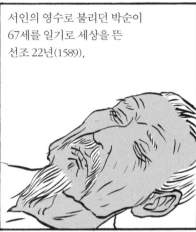

동인 권력을
송두리째 흔들
대형 사건이
불거졌다.

저언하!

황해 감사 한준과
몇몇 수령의 명의로
비밀 서장이
올라왔사옵니다.

들이거라.

전라도 전주의 정여립이
전라, 황해도의 자기 세력을
일으켜 역모를 꾀한다고?

급히 체포대가
출동하여

두두두두두 …

정여립과 함께 모의했다는
황해도의 이기, 이광수 등을
잡아왔다.

이들은 혐의 사실을 인정해 모두
처형되었다.

진안 죽도로 도주했던
정여립은

너는 완전히
포위됐다. 순순히
손들고 나와라.

동행한 이들을 죽이고
(아들 옥남은 칼을 맞았으나
죽지 않았다.)

자살했다.

주모자가 자살해버림으로써 수사는 주변인들에 대한
고문에 의존하게 되었고, 여러 의혹이 뒤따랐다.

반역한 게
사실일까?

왜 죽도로
도망갔지?
문서들도
폐기하지
않은 채…

자살 맞어?
죽여놓고
자살이라고
발표한 거
아냐?

정여립은 서인의 배척도 어느 정도 작용했지만,

배신자!

왕이 싫어한 탓에 벼슬을 계속할 수 없었다.

무엄하게 고개 들어 나를 쳐다보는 그 눈빛이 맘에 안 들어.

하여 전주로 내려가 터를 잡았는데,

이발 등 실세들과 친한 데다 학식과 수완, 타고난 언변 등으로 인해

그는 곧 영향력 있는 지역 인사로 자리 잡았고, 그의 집은 마치 관아처럼 북적거렸다.

그는 인근의 무사, 힘이 센 공사 노비 등을 모아 '대동계'를 조직했다.

어떤가? 이렇게 한 달에 한 번씩 모여 활쏘기를 하니.

아주 조옹습니다요.

끝나면 술도 한잔 하고···

이런 일도 있었다. 선조 20년에 왜구들이 쳐들어왔다.

나 어떡해~? 어쩜 좋아.

전주 부윤 남언경이 정여립에게 부탁했고,

어떻게 좀 해주오.

염려 마시우.

대동계원들을 중심으로 하여 군대를 조직, 지휘해서 가볍게 물리쳤다.

그의 조직적 수완이 드러나는 대목이다.

수고했소. 정말 대단하오.

봤지? 타고난 장군이셔.

구령 몇 마디로 조직력이 갖춰지잖아.

그는 확실히 당시의 유자들과는 다른 사고를 가졌던 인물로, 이런 이야기를 하곤 했다.

사마광의 《자치통감》은 위나라를 기년으로 삼았으니 이것이 직필인데 주자는 이를 그르게 여겼지. 대현들의 소견이 이리 다르니 이해할 수가 없다.

천하는 공물(公物)인데 어찌 정해진 임금이 있겠는가? 요, 순, 우임금은 서로 넘겨주었으니 성인이 된 것 아닌가?

당시로서는 위험한 사상을 지녔음은 분명한데,

그는 과연 역모를 꾀했을까?

형 정여복이 동생의 행동에 두려움을 느끼고 경계했다고 하고,

사위도 민간의 소문을 듣고 편지로 문의했다고 한 것으로 보아

그의 행동이 상당히 수상쩍었던 것 또한 분명하다.

《수정실록》에 따르면, 그는 임격정의 활동이 있었던 황해도 쪽 인사들과 손을 잡고

의연 등 소외된 불교 세력을 끌어들였다.

국초 이래 참설 등을 활용했으며,

계룡산 개태사 터는 후대에 정씨가 도읍할 터라는 얘기와

*목자망(木子亡) 전읍흥(奠邑興)을 퍼뜨려라.

황해도 지역에는 이런 소문까지 퍼뜨렸다.

전주 지방에 성인이 일어나 우리 백성을 구제할 것이래.

공사천과 서얼도 모두 혁파한대.

그렇게만 된다면야…

*이(李)씨는 망하고 정(鄭)씨는 흥한다는 참설.

그러나 소문이 너무 퍼지면서 문제 될 것으로 보고는

그해 겨울에 군사를 일으키려 했다는 것이다.

하지만 무기는 하나도 준비하지 않았다는 거. 정말 역모 맞아?

어쨌거나 정여립과 가까이 지냈던 중, 무사 들이 대거 끌려와 문초를 받았다.

그들의 입을 통해 공모자는 계속 늘어났고, 사건은 연일 확대되어갔다.

으아아악   끄아

당초 이 사건의 추국을 책임진 이는 우의정 정언신.

정여립이 반역을?

사건을 처음 접했을 때 그의 반응은 이랬다.

말도 안 되는 소리! 그의 충성은 해를 꿸다고 할 것이야.

아마도 이는 이이의 제자들이 무고해 만든 고변일 것이야. 내 이자들을 베고 싶구나!

생원 양천회가 소를 올려
이 사실을 폭로했다.

역적과 교분을 맺어
복심이 된 자들도 있고
정언신처럼 종족으로
친밀한 자들도
있나이다.

그런데도 말하는 이
없으니 신은 이를
분하게 여기옵니다.

양천회의 상소!
아! 늦었구나!

정언신을 즉시
체작하고
하옥하라!

유배한
조헌을
방면하라!

정철을 불러 우의정에
제수하고 성혼은
이조 참판에 제수하라!

실각했던 서인이 다시 실권을 갖게 되고

옥사는 조정의 신하들을 향해 방향을 튼다.

＊복심(腹心): 마음 깊이 믿는 사람.

옥사의 확대

선전관 이응표는 정언신과 가까웠다.

제가 역적의 집에서 문서를 수색했습니다. 한두 곳에 대감의 이름자가 있었지만 제가 다 없앴으니 심려 놓으십쇼.

이를 믿은 정언신.

신은 맹세코 역적과 서신을 통한 적이 없나이다.

고얀지고. 그대는 나를 눈도 없는 임금으로 여기는 것이냐? 이것들은 다 무엇이란 말이냐?

이응표는 무인이어서 문인들이 멋을 부려 쓰는 서식을 몰랐다. 정언신은 편지 말미에 이렇게 썼던 것인데, 모르고 없애지 않은 것.

모월 모일 宗兵 삼가 (송족의 나이든 어른)

그의 편지가 열아홉 장이나 나왔으니······.

팔랑

팔랑

정언신은 사형이 내려졌다가 대신이란 이유로 감형되어 유배되었다.

그동안 동인들의 부당한 공격에 피해를 입어왔다고 생각한 서인들이

상소를 통해 동인을 공격했고,

아무개도 역적과 가까이 지냈나이다.

아무개도.

그에 따라 잡혀온 이들은 서인의 수장인 정철이 지휘하는 국문을 받았다.

첫 번째 타깃이 된 인물은 동인의 맹장 이발. 아우인 이길, 이급과 함께 끌려와

고문 끝에 모두 죽음을 맞았다.

주,,, 죽었나 봅니다.

여기도 이상합니다.

이발의 가문은 9대조부터 이발에 이르기까지 빠지지 않고 급제자를 배출한 호남 제일의 명문가.

사건 발생 후 20개월이 지나 옥사가 사실상 마무리된 즈음에 왕이 명했다.

이발의 어미와 자식, 조카 들도 모두 잡아다 조사하라.

늙은이와 어린아이는 형선을 가할 수 없는 법이옵니다.

역모 사건은 그런 것에 구애되지 않는다.

하여 82세의 노모 윤씨가 곤장을 맞아 죽었고,

열 살의 어린 아들도 고문으로 죽었다.

쯧쯧

조카들까지 거의 고문으로 죽어 가문이 풍비박산 나고 말았다.

허 참. 그 쟁쟁하던 가문이 …

서인에게 온건했던 김우옹도 유배되었다.

요즘 양상을 살펴보면 사건이 번져갈 조짐이 있는데 이는 내가 좋아하지 않는 바이오.

역적과 관계를 맺은 자야 서찰이 남아 있어서 정상이 뚜렷하니 중죄를 입더라도 무슨 유감이 있겠소.

하나 역적이 조정에 있었던 관계로 서로 알고 지낸 이까지 기회를 빌려 적의 무리로 지목한다면 해독이 클 것이오. 그럴 경우엔 경이 힘써 말리고 그래도 듣지 않으면 과인에게 아뢰도록 하오.

함께 국사를 처리할 사람은 경뿐이니 무엇을 숨기겠소.

삼가 받들겠나이다.

백유양의 진술에 이름이 거명되었다며 유성룡이 피혐했다.

신을 체직해 주소서.

경은 금옥과도 같은 선비! 경의 심지는 저 태양에게 묻는다 해도 부끄럽지 않을 것임은 내가 알고 있으니 개의치 마오.

성은이 망극하옵니다.

이런 임금의 심경을 모르는 채 전라도 유생 정암수 등이 상소했다.

이산해는 여립과는 간과 쓸개처럼 가까운 사이로… 정인홍도 여립과 한 몸이나 다름없는 사이며…

정개청도 여립과 친밀하여 효응한 자로… 유성룡은 비록 역모에 가담한 자는 아니지만 큰 명망을 차지하고…

쯧! 이산해와 유성룡을 부르라.

이들이 역변을 이용해 어진 재상과 뛰어난 중신들을 모조리 지목하고 있소. 아마도 온 나라가 텅 빈 후에나 그만두려 할 것이니 이는 간인의 사주를 받은 것이 틀림없다고 보오. 잡아들여 추국하오.

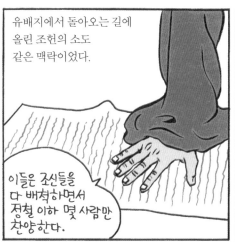

유배지에서 돌아오는 길에 올린 조헌의 소도 같은 맥락이었다.

이들은 조신들을 다 배척하면서 정철 이하 몇 사람만 찬양한다.

그러면서도 직언이라 이름하니 우습지 않은가?

특히 조헌 이자는 하나의 간귀다. 그는 앞으로도 마천령을 넘게 될 것이다.

소를 올린 정암수 등에 대한 추문은 삼사, 유생 들의 만류로 중단되었다.

유우─

그의 상소에서 거론된 정개청도 불행을 피해가지 못했다.

개청은 어려서 집을 나와 떠돌던 것을

박순이 거두어 가르치고 키웠다.

또한 천거하여 정6품 벼슬에
오르게 했는데,

박순이 힘을 잃자 이발,
정여립 등과
어울렸던 것.

때문에 정철이 가혹하게 다루었고,

비루한
놈...

북도에 유배되는 것으로
그쳤으나

고문 후유증으로
유배지에서 죽었다.

정철이
죽인 셈이야.

낙안 교생 선홍복은 이런 말을
남기고 죽었다.

야 이 나쁜 놈들아!
이발, 이길, 백유양 등을
끌어 넣으면 살려준다고
해놓고 약속과
다르잖아.

조대중은 도사가 되어 부임지로 가려는
차였는데, 애첩을 두고 가려니 발걸음이
떨어지지 않았다.

보고 싶어
어쩌누?

저도요.

에헴!

저렇게 울고 있으니 어느 겨를에 갈꼬?

......라고 한

종의 말이 와전되어 죽어야 했다.

사실대로 고하지 못하겠느냐? 역적을 위해 울었다고들 하던데.

아니, 대체 누가 그런...

조사 김빙은 바람만 쐬면 눈물이 나는 병이 있었다.

죽은 정여립의 시체에 다시 형을 더하는 자리.

그만 때마침 찬바람이 불고 말았다.

주르륵

어떤 관계길래 눈물을 쏟았느냐?

넹?

하여 죽었다.

컥

여러 죽음 중에서도 두고두고 논란이 된 죽음은 최영경의 죽음이었다.

관련자들의 진술에 따르면 정여립이 일찍이 (반란군의) 상장은 길삼봉이고 차장은 정팔룡이라고 했다 하옵니다.

정팔룡은 정여립 자신을 지칭하는 듯한데 길삼봉은 누구인지 통 알 수가 없나이다.

정여립 위에 또 다른 인물이 있다고? ……

아마도 정여립이 수하들에게 세력의 거대함에 대한 믿음을 주기 위해 한 말인 모양인데,

가혹한 조사는 길삼봉에 대한 갖가지 진술을 얻어냈고,

60세쯤에 얼굴이 검고 비대한 인물입니다.

30세 정도 큰 키에 창백하며

누0세로 수염이 길고

용의자가 여럿 체포되어 곤욕을 치렀다.

저는 김삼봉입니다요.

저는 길팔봉입쇼.

그러던 중 더욱 구체적인 주장이 나왔다.

1년 전 전주에서 활쏘기 모임이 열렸는데 최영경이 상석에 앉았답니다.

호남 유생 양천경은 한 걸음 더 나갔다.

길삼봉은 필시 최영경일 것입니다.

하여 진주의 선비 최영경이 잡혀왔다.

최영경은 조식의 애제자로 기질과 성향이 조식, 정인홍을 닮았다.

평소 강경한 주장으로 서인의 분노를 샀던 인물.

박순, 정철은 죽여야 한다.

정철은 속 좁은 소인!

그대의 호가 삼봉인가?

간신 정도전의 호가 삼봉인데 아무려면 신이 간신의 호를 따라 쓰겠나이까?

여립과는 서울에 있을 때 안면이 있었으나 이후론 편지 왕래도 없었사옵니다.

그러나 여립의 편지가 한 장 나왔다.

시… 신이 늙어 정신이 혼미한 탓으로 기억을 못했나이다.

아무래도 그가 길삼봉은 아닌 것같소. 석방하는 게 어떻소?

그러하옵니다. 그는 효우로 이름났고 영남의 사림이 존경하는 인물로 역모를 꾸몄을 리 없사옵니다.

추관들도 동의해 석방되는가 싶더니

대간이 계속 수사하기를 요구하여

입장을 바꾸었고,

계속 수사하라.

결국……

옥사하고 만다.

＊효우(孝友): 부모에 대한 효심과 형제간의 우애.

정철, 쫓겨나다

정여립으로 인한 옥사(기축옥사)는
2년 가까이를 끌었다.

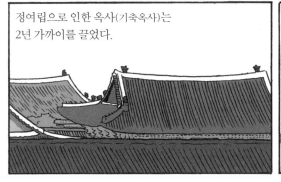

이로 인해 죽은 이만 수백 명이라고도 하고,
1,000여 명에 이른다고도 한다.

그러나 이 옥사로 죽은 조신은
이발, 이길, 백유양, 유덕수,
조대중, 유봉령, 김빙, 윤기신,
정개청, 최영경 등
10여 명밖에 되지
않았고,

유배된 이는 정언신, 김우옹,
홍종록 등 3명에 불과했다.

고문 치사자가 속출했을 정도로
조사 과정은 가혹했고,

승려나 무사 등 정여립과
관계했던 많은 사람이
죽었음이 틀림없다.

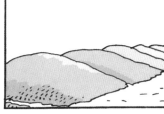

정여립, 이발 등의 일가 사람들도
대거 죽음을 맞았다.
그래도 수백 명이 죽었다는
《수정실록》의 기록은
조선 특유의 과장된 셈법이
아닐까 한다.
(100~200명일 수는 있겠지만.)

이 사건으로 호남 사림의 씨가 말랐다는 얘기도 과장된 것으로 보입니다.

사관들의 성향상 선비들의 떼죽음을 기록 않고 지나치지는 않았을 겁니다.

그리고 옥사 확대에 중요한 역할을 한 이가 바로 호남 사림이었죠.

이 사건은 분명 동인에 대한 서인의
정치 보복이라는 성격을 띤다.

이이의 죽음 이후 동인 측의 총공세에 서인 측은
분개했고, 실각하게 되면서 더욱 분노를 키웠다.

빠드드득

절치부심하던
서인 측에게
정여립 사건은
재기와 복수를 위한
절호의 기회였다.

우득득..

중앙의 정철,

유배지의 조헌,

지방의 서인 유생들까지.

그들은 같은 인식 아래 일사불란하게 움직였다.

일심단결!

그 때문에 피해를 입은 동인은 이렇게 생각했다.

이 사건은 정여립의 평소 기질을 고려해서 서인 측이 판 함정일 수 있어.

그렇게까진 아니라 해도 서인 놈들이 터무니 없이 우리를 끌어들였어.

이 모든 게 정철의 작품이야.

이발과는 오래전부터 사이가 안 좋았잖아. 호남 유생들의 상소도 정철의 조종에 의한 것일 거야.

선홍복의 절규 들었지? 정철이 이발 등을 죽이려고 꼬인 거야.

정개청도 그렇고

최영경도 실상은 정철이 죽인 거야.

맞아. 겉으로는 구하는 척했지만 최영경을 길삼봉이라고 한 상소도 그가 조종한 일일걸.

이와 같은 동인의 판단은 상당한 개연성이 있지만,

정황상 상당히 그럴 법해.

더구나 정철의 기질을 생각해 보면 `````

다음과 같은 결론은 지나친 비약으로 보인다.

기축옥사 =수백 명이 죽은 초대형 옥사

=서인의 대동인 복수극

= 정철의 복수극

∴ 정철은 정적 수백 명을 죽인 잔인무도한 정치인!

사실 이 옥사를 주도한 이는 정철이라기보다는 선조라고 해야 옳을 것이다.

서인 유생들의 상소에 힘을 실어주어 옥사의 확대를 부른 이도 선조였고,

늦었구나. 양천회의 상소여!

앗! 이 말씀은 계속 공격하라는 신호?!

고문으로 죽는 이가 속출하는데도 막기는커녕 끝까지 이런 입장을 취했다.

신문이 비록 지나쳐더라도 후일을 경계함이 옳다!

최영경을 계속
조사케 하여
죽게 만든 것도,

이발의 가족에게
전례 없이 가혹한
조사를 명한 것도
선조였다.

물론 앞에서 보았듯이
옥사의 지나친 확대를
차단한 것도 선조.

푸시……

하지만
바로 이 대목에서
옥사의 주도자가
정철이 아니라
선조라는 판단을
하게 된다.

그는 충분히
옥사의 흐름을
좌우할 수 있었고,
또 그렇게
했다.

한 손엔
부채,
한 손엔
물통♪

옥사가 유성룡 등에게까지 확산되는 것을 막은 이유는 아마도 이런 것이었으리라.

성룡, 산해, 인홍은
동인 내 각 그룹의 수상 격인
인물들. 그들까지 확대했다간
동인 전체를 제거해야 하는
상황으로 치달을 것이야.

그리되면 서인만
남을 테고, 다음 수순은
서인 일당 독재가 될걸.

거기다 나는
애긴 선비를
모두 몰아낸
폭군으로 남겠지.

그러나
그 쯤에서
막음으로 하여
옥은 정철이 먹고
난 각 세력의
힘을 적당히
깎게 됐지.

기축옥사로
커다란 타격을 입은
동인 강경파는
와신상담하며
역전의 날을
기다려왔는데

그날이 의외로 빨리 왔다.
옥사가 거의 마무리되어갈
즈음인 선조 24년,
동인 강경파는
정철을 탄핵한다.

정철이 조정의 기강을
마음대로 하여 그 위세가
세상을 덮었나이다.
정철을 파직하소서!

그러자 기다렸다는 듯

알았다.
정철을
파직하라!

그렇게 선조는 다시 돌변했다.

황!

우찬성 윤근수 등은
정철에게 빌붙어
의견을 달리하는 자들을
배척했나이다.
삭탈 관직하소서.

그리
하라!

간신 정철에게 모함을 받아 배척된 사람들을 발탁 등용하라.

정철을 강계로 유배하고 위리안치하라!

서인은 다시 실각했다.

최영경을 무고한 혐의로 양천경, 양천회, 강견, 김극관 등은 잡혀와 국문을 받았다.

누가 시켰느냐?

정철이 시켜서 그랬습니다.

양천경 등 셋은 기축옥사의 희생자들처럼 고문으로 죽었다.

어쨌든 정철이 개입했단 진술을 받아냈으니

이제야말로 정철을 죽일 때다.

*위리안치(圍籬安置): 죄인의 집 둘레에 높은 울타리를 두르고 가두어 살게 하는 유배 방법.

그러나 정철에게 벌이 더해지지는 않았다.

당연하지. 고문에 의한 허위 진술이니까.

이때 정철의 처벌을 둘러싸고 집권 동인 내에서는 두 흐름이 있었다.

죽여야!

뭘 그렇게까지…

강경한 처벌을 주장하는 쪽은 '북인'이라는 이름을 얻었고,

北人

온건한 처벌을 주장하는 쪽은 '남인'이라 불리게 되었다.

南人

북인은 동·서 대립 때 강경파였고, 때문에 옥사로 큰 화를 입었다.

죽은 이발, 최영경 등과 이산해 등이 여기에 속했고,

정인홍을 비롯한 조식의 제자들이 주류를 이루었다.

그 스승에 그 제자들!

조식의 제자들답게 강경하고 비타협적이야.

남인은
동·서 대립 때
온건파였고,
옥사에서
별 타격을
입지 않았다.

유성룡을 필두로 한 이황의 제자들이 주를 이루었다.

역시 그 스승에
그 제자들이야.

온건하고
일 만들기를
좋아하지
않아.

그런데 선조가 왜 갑자기
돌변했는지에 대해서는《실록》도,
《수정실록》도 별 설명을 하지 않고 있다.

다만 광해군 즉위년 4월 27일자 기록에
그 단서가 될 이야기가 이렇게
실려 있다.

(이산해는) 정여립의 옥사 때
화가 자신에게 미칠 것을 두려워해
궁금 (후궁) 등과 인연을 맺고 떠도는
말로 거짓을 꾸며 정철을 모함하기를,
'왕자를 영립하려는 뜻을 가졌다'고 했다.
이로 인해 (정철이) 죄를 받고
(기축)옥사가 완화되었다.

《실록》의 모호한 이야기는 야사에서 자세하게
풀어주고 있다. 선조는 의인왕후 박씨와
혼인했으나 슬하에 자식이 없었다.

적자는 얻지 못했지만, 여섯 후궁에게서 13명의 왕자를 보았다.

처음 선조의 총애를 받은 여인은 서장자인
임해군과 광해군을 낳은 공빈 김씨.

왕의 사랑을 독점하다시피 했던 그녀는 광해군을
낳은 뒤 죽고 말았다.

이어 인빈 김씨가
선조의 총애를
독차지했다.

그녀는 신성군, 정원군 등 네 아들을 낳았고,
왕의 총애에 걸맞은 권세를 누렸다.

한편 조신들 사이에는 세자를 책봉해야 한다는
공감대가 형성되고 있었다.

전하의 보령이
벌써 마흔이신데

언제까지
적자만 기다릴 순
없는 노릇 아닌가?

서자들 중에서
골라 세자를
세워야 해.

사실 너무
늦었지.

누가 좋을까?
장자인 임해군은
너무 거칠어서...

둘째인
광해군이
영명하신 게
적합해.

이에 유성룡이 나섰다.

좌상
대감!

대신 된 우리가
세자 문제를
제기해야지
않겠소이까?

안 그래도 저 역시
그 생각을 하고
있었습니다.

아무래도
광해군이...

그럼요.

그럼 영상께 말해
셋이서 같이 아뢰도록
하십시다.

그리
하십시다.

광해군을 세자로요?
좋습니다. 그리하십시다.

영의정 이산해. 토정 이지함의 조카로,
서경덕 계열이면서 동인, 북인으로 분류되던
사내.

조용하고 부드러운 성품으로 여럿이 있는
자리에서는 전혀 두드러져 보이지 않았지만,

있는 듯
없는 듯

묻혀가는
스타일

머리 회전이 빨라

팽 팽
팽 팽

임기응변이
변화무쌍했다 한다.

광해군을 세자로?
전하께선 오히려
신성군을 마음에
두고 계신데?
······ !!

이산해는 평소 가까이 지내던
인빈 김씨의 오라비인
김공량을 찾아갔다.

잘 듣게.
좌상 정철이

자네와
신성군 모자를
제거할 계책을
꾸미고 있네.

네?

김공량으로부터
이 이야기를 전해 들은
인빈 김씨는 즉각
왕에게 달려가
울며불며 고했다.

제발 우리 모자를
살려주십시오.
저언하!
그 독한 정철이
노리고 있다면
흑흑 …

정철이 설마…

그러고는 면대를 청한 날
이산해는 병을 핑계하여
나가지 않았다.

그래,
무슨 일이오?

신중한 성격의 유성룡이 머뭇거리는 사이

…

성질 급한 정철이 나섰고,

이제 세자를 정해
국본을 튼튼히 해야 할 때라고
믿사옵니다. 광해군 이혼은
총명하니 사직을 맡길
만하옵니다.

왕은 인빈에게서
들은 정보가 사실이라
확신하여 격노했다는
것이다.

내 나이 아직 젊거늘
경은 무슨 말을 하는 건가?

정철, 유성룡의
기질을 고려한
이산해의 계략이
적중한 것이다.

작전 성공.
자, 이제
정철을
아웃시키자!

《선조실록》과 《선조수정실록》

이이의 십만 양병 주장은 지어낸 이야기라는 주장이 있습니다.

율곡이 십만양병을 청했으나 유성룡의 반대로 불발됐다는 기록이 《선조실록》엔 없고 《선조수정실록》에만 있다는 게 그 강력한 증거입니다.

《선조수정실록》이 뭡니까? 인조반정으로 집권한 서인이 종주인 이이를 높이고 서인의 정당성을 옹호하기 위해 만든 엉터리 실록 아닙니까?

천하의 《조선왕조실록》도 사람이 행한 기록이기 때문에 기록자인 사관의 주관이 강하게 드러납니다.

어떤 사람은 실제 이상으로 높이 평가되었는가 하면 어떤 이는 지나치게 혹평을 받기도 하죠.

맞아. 우린 친사림 경향의 사관들에 의해 지나치게 평가절하되었어.

임사홍   남곤

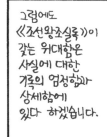

그럼에도 《조선왕조실록》이 갖는 위대함은 사실에 대한 기록의 엄정함과 상세함에 있다 하겠습니다.

가령 사관이 아무리 한 인물에 대해 혹평해놓았더라도 그가 행한 말과 행위가 풍부히 기록되어 있기 때문에

후대의 우리는 사관의 평과는 다른 그 인물에 대한 상을 얻을 수 있죠.

서인 정권이 《선조수정실록》의
간행이란 전례 없는 일을 행한
까닭은 무엇일까요?

말해주지.

《선조실록》은 악의적인
기록이 너무 많걸랑.
가령 선조 18년 4월 16일 자의
옆의 기록을 보자고.

- (이이는) 부모에게 용납되지 못하자 도망쳐
  중이 되었다가 환속한 자이다.
- 과거에 급제한 뒤 수양산 골짜기에 머물며
  서울의 인사와 교통했고
- 기세가 확장되자 인근 고을에서 문안하고 청탁,
  뇌물이 줄을 이었으며
- 심의겸의 추천으로 청반에 올랐고 박순의 추천으로
  이공이 되었다.
- 관직이 높아질수록 뜻은 교만해졌고
  기량은 작은데 책임은 무거워 때에 맞는 조처를
  헤아리지 못하고 옛 법을 변경하려 했으며
- 자기 의견만 옳다고 ……

이게 말이 되냐고?
우리 선생님을
깎아내리는 데도
정도가 있지 …

응?
행위나
발언으로
판단하면
될 일
아니냐고?

물론 그렇지.
《선조실록》이
온전한 실록이라면.

하지만 《선조실록》이
어떤 실록이냐? 전란으로
사초가 거의 다 소실돼버려
부실하기 짝이 없는
기록이거든.

기록이 전혀 없는
달이 부지기수고,
있는 달조차도 다른
실록의 하루치 기록도
안 되는 게 태반인
형편이라고.

다시 말해
말과 행위로
판단할 충분한
근거를 못 준다
이 말이야.

그렇습니다. 《선조실록》은 심각하게
부실할 뿐만 아니라 위의 율곡에 대한
논평에서 보이듯이 당파성도
강하게 띠고 있는 게 사실입니다.
그렇더라도 수정실록을 만든다는 건
옹색한 일이었죠.

때문에 서인 측은 《선조수정실록》이 서인 측의 일방적인 주장일 뿐이라는 비판을 피하기 위해 나름대로 신경을 썼습니다.

우린 어디까지나 역사를 바로 알린다는 일념으로…

유성룡이 저술한 《징비록》의 시각을 그대로 수용해 동인인 김성일을 높이고 서인인 황윤길을 깎아내렸는가 하면

DOWN

UP

심의겸, 김효원에 대한 기사에서도 심의겸을 편들지 않았으며

서인의 영수였던 정철에 대해서도 냉정하게 묘사하고 있습니다.

정철은 의심이 많고 용서하는 마음이 적어 일을 처리해나가는 지혜가 없었고

강호 산림에 두었다면 잘 처신했을 터인데 지위가 삼사의 수장에 오르고 장상을 겸했으니 그에게 맞는 벼슬이 아니었다.

술에 빠져 자신을 충분히 단속하지 못하고 옥옥을 다스릴 땐 정적들을 많이 체포했다.

정철_선조 26년 12월

비록 그렇긴 해도 《선조수정실록》은 역시 당파성을 강하게 가진 기록입니다. 이이를 옹호하고 서인을 변론하는 데 상당한 할애를 하고 있거든요.

즉, 둘 다 당파적인 기록이죠. 때문에 《선조실록》은 진실, 《선조수정실록》은 작문이란 식의 인식은 곤란하다고 생각됩니다.

그렇다면 십만양병설은 어떻게 보아야 할까요? 최소한 부실하기 이를 데 없는 《선조실록》에 나와 있지 않으므로 작문이라는 건 옳은 논리가 아닙니다.

그렇다고 사실이라고 단정하기도 어렵겠지요. 다만 당시 이이의 정세 인식과 정치철학, 행보 등을 볼 때 사실일 수도 있겠다고 생각합니다.

그리고 만약 사실이라면 유성룡의 반대 또한 사실일 것입니다.

유성룡은 일관되게 보수적 입장을 견지했고 새로운 일을 만들어 백성을 힘들게 하는 데 대해 반대했습니다.

전쟁 이후부터는 《선조실록》의 기록도 상당히 충실합니다. 그러나 역시 충실한 부분은 왕이 있는 곳의 정황이고

구체적인 전쟁 양상에 대한 기록은 상당히 부정확한 편입니다. 현장의 장수들이 저마다 자신에게 유리하게 보고하는 경향을 보인 때문입니다.

신은 목숨 걸고 한판 불어버리려 했으나

부하 장수들이 말을 듣지 않고 도망가 버리는 바람에 흑흑

그래서 이하 전쟁에 대한 서술은 《선조실록》과 《선조수정실록》, 《징비록》, 《난중일기》외에

宣祖實錄　宣祖修正實錄　懲毖錄　亂中日記

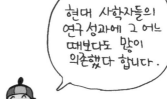

현대 사학자들의 연구 성과에 그 어느 때보다도 많이 의존했다 합니다.

탄금대
조선이 자랑하던 명장 신립은 조령을 제쳐두고 이곳에 배수의 진을 치고 적을 맞았다가 대패했다.
이 소식을 듣고 조정은 피란길에 올랐다. 충청북도 충주시 소재.

일본의 침략,
무너지는 조선

예고된 침략

정여립 사건으로 조정에
피바람이 불고

북인의 반격으로 긴장된
정국이 계속되고 있는 동안,

조선을 둘러싼 주변의 정세는 격변을
거치고 있었다.

명나라에서는
13대 황제 신종(만력제)이
사치와 향락에 빠져
정사를 팽개치고

신하들 사이의 파쟁이 계속되어 국세가
약화되어가고 있던 반면,

북방에서는 누르하치가
주변 부족들을 통합해
급격히 힘을
키워가고 있었다.

일본에서는 100년 넘게 이어져온 전국 시대가

오다 노부나가와 그를 계승한 도요토미 히데요시(풍신수길)에 의해 끝나고 전국이 통일되었다.

100년 혼란을 수습하고 통일을 이루어냈다는 자신감,

아! 나야말로 얼마나 위대한 인간인가!

끝없는 전쟁을 통해 정예로 훈련된 수십만의 군대.

이 군대로 무엇인들 못할까?

지금은 제압되어 수하에 있지만, 여전히 독립 지향적이고 욕심 많은 영주들.

저들이 딴 생각을 못하게 하려면...

도요토미 히데요시는 대담한 구상을 세운다.

전국 66주를 통일한 나, 내친김에

중국의 400주까지 삼켜버려?

그다음엔 인도도 먹고, 크하하하 세계 정복이닷!

그러려면 조선을 통해야 하겠네. 협조를 요구하고

거절하면 밟아 줘야지.

이런 도요토미 히데요시의 결심을 읽은 휘하의 무장 고니시 유키나가 (소서행장).

대륙과의 전쟁이라... 좋은 일이 아냐.

사람을 보내 조선으로 하여금 전하께 머리를 숙이도록 하겠습니다.

거 좋지. 해봐.

측근을 사신으로 삼아 조선으로 보냈다.

우리 관백 (풍신수길) 전하께선 전국을 통일하신 힘으로 이제 명나라까지 복속시키려 합니다.

그러니 조선에서 길을 빌려줄 것을 청하는 바입니다.

아니, 그 무슨 말도 안 되는 소리요?

그리되면 사실 모두가 피해를 입게 되니 조선 측에서 통신사를 보내주세요.

그럼 우리가 전하를 잘 설득하여 전쟁이 일어나지 않도록 힘써보겠소.

정여립 사건으로 정신이 없는 상황 때문이기도 했지만,

으아아악

상대의 말이 너무 무례하고 맹랑한지라 조선은 무대응으로 일관했다.

오늘도 대답이 없으니까?

일본은 거듭 사신을 통해 통신사의 파견을 요구했고,

계속 이러시면 전쟁입니다. 전쟁!

아무래도 상대의 태도가 심상치 않다고 여긴 조선은 마침내 통신사 파견을 결정했다.

저들은 우리를 손금 보듯 아는데 우리는 저들을 모르니 문제는 문제입니다.

그러하옵니다. 저들의 상황을 살필 겸 보내는 것도 괜찮겠습니다.

좋소. 우선 정말로 저들이 쳐들어올 심산인지라도 살피도록 합시다.

선조 23년 3월, 정사 황윤길, 부사 김성일, 서장관 허성이 이끄는 통신사 일행이 바다를 건넜다.

조선 통신사의 일본 내 활동과 귀국 후의 행동에 대해 《실록》은 거의 기록을 전하지 않고,

《수정실록》이 전하고 있는데, 그 내용은 유성룡이 지은 《징비록》에 크게 의존하고 있다.

기록은 부사인 김성일이 일본 측의 무례를 꾸짖는 등 시종 당당하게 행동해

일본 측의 존경을 샀지만,

오오! 성 사마!

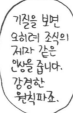

정사인 황윤길과 서장관 허성은 겁을 집어먹었다거나 재물 확보에만 급급해 일본 측이 비루하게 여겼다는 등

김성일 칭찬에 많은 할애를 하고 있다. 사실 그랬다. 김성일은 이황의 애제자로, 후배들 사이에서는 유성룡 못지않은 평판을 받던 인물.

강직하고 기개 있고

선비 중의 선비!

그러나 교양 있는 유자로서의 자부심이 지나쳤기 때문일까?

기질을 보면 오히려 조식의 제자 같은 인상을 줍니다. 강경한 원칙파죠.

흥! 야만인들!

정황을
객관적으로
보지 못하는
실수를
범하고 만다.

흥!

통신사가 돌아온 것은
이듬해인 선조 24년 3월,

그래,
직접 가보니
어땠소?
저들이 정말
쳐들어올 것
같소?

신 황윤길
아뢰옵니다.
저들은 틀림없이
공격해올 것으로
신은 보옵니다.

신 김성일은
그런 낌새를
발견하지
못하였나이다.

윤길의 말은
사리에 어긋날 뿐
아니라 인심을
동요시킬 우려가
있사옵니다.

허어! 어째서 견해가 그리 다르오? 음... 수길이란 자의 인상은 어땠소?

눈빛이 반짝이고 지략이 풍부한 사람으로 보였나이다.

제 눈엔 쥐같이 생긴 몰골로 두려워할 만한 인물이 못돼 보였사옵니다.

어전을 나오면서 유성룡과 김성일은 이런 대화를 나누었다는데

학봉! 윤길의 말과 고의로 다르게 말하는데 만일 병화가 있게 되면 어쩌려고 그러오?

나라고 어찌 왜적이 쳐들어 오지 않는다고 단정하겠소? 다만 온 나라가 의혹 될까 두려워 그것을 풀어주려는 것이오.

이후 둘의 행보로 보건대 이 대화는 유성룡이 자신과 김성일을 변명하기 위해 끼워 넣은 게 아닐까 한다.

전쟁은 없다! 고로 대비할 필요도 없다!

당시 왜침을 가장 경계했던 이는 조헌. 이때 통신사가 받아온 도요토미 히데요시의 답서는 조선을 경악케 했다.

이런 싸가지없는 자들을 봤나?

일본국 관백은 조선 국왕 합하께 바칩니다.

(일본을 통일한 자신의 위엽을 자랑하고)
사람의 한평생이 백 년을 넘지 못하는데 어찌 답답하게 이곳에만 오래도록 있을 수 있겠습니까? 국가가 멀고 산하가 막혀 있긴 하나 한번 뛰어 곧바로 대명국에 들어가 우리 나라의 풍속을 400 주를 바꿔놓고 제도의 정화를 억만년토록 시행코자 하는 것이 나의 마음입니다.

귀국이 선구가 되어 입조한다면 원려(遠慮)가 있음으로 하여 근우(近憂)가 없어지는 것입니다. 내가 대명국에 들어가는 날 사졸을 거느리고 군영에 임한다면 이웃으로서의 맹약을 더욱 굳게 할 것입니다.

나의 소원은 삼국에 아름다운 이름을 떨치고자 하는 것뿐입니다.

진작부터 일본에 대한 강경 대응을 주장해온 조헌은 대궐 앞에 자리를 깔고 소를 올렸다.

왜 사신의 목을 베고,

격문을 보내 적의 수도를 공격하겠다고 선포하소서. 그러면 적이 함부로 바다를 건너지 못할 것이옵니다.

열혈과격 조헌, 지부상소가 전공인데 오늘은 도끼까 안 보이네. 양전해졌나?

비답을 기다렸으나 왕은 모른 체했다.

쿵쿵쿵

철철

과연 조헌!

*지부상소(持斧上疏): 자신의 말이 틀리면 목을 쳐달란 의미로 도끼를 메고 와서 올리는 비장한 상소.

옥천으로 돌아온 조헌은 지인들에게 편지를 썼다.

이 편지를 평안 감사 권징과 연안 부사 신각에게 갖다 드려라.

예, 아버님!

편지를 받은 권징.

적이 반드시 쳐들어올 것이니 성을 보수하고 철저히 방비하라고?

허허, 저들이 어찌 이곳 평안도까지 오겠느냐? 가서 부친께 전하거라. 다시는 이런 소리 마시라고.

그러나 신각은 조헌의 말을 옳게 여겨 병장비를 정비하고

성벽을 수리하는 등 대비를 했는데, 뒤에 이정암이 이에 힘입어 연안성 전투를 승리로 이끌게 된다.

어쨌든 서인 강경파 조헌이 일관되게 왜침론을 펴면서

반드시 쳐들어온다!

왜침을 대비하자는 주장은
서인의 주장으로 인식되었고,

쳐들어온다.
대비해야!

西

김성일식 주장은 동인의
공식 견해로 자리 잡았다.

걱정도 팔자,
안 쳐들어와.

東

이때만 해도 남북 갈등은
심하지 않아 범동인이
집권한 상황이어서

東(南+北)

김성일의 판단이
채택되었다.

전쟁은
없다!

물론 이러한 결정을 김성일의 잘못된 판단 때문만으로 볼 수는 없다.
사람들은 종종 자신이 희망하는 방향으로 판단하는 경향이 있다.

설마
쳐들어오기야
하겠어?

괜히
엄포 놓는
걸 거야.

역시
김성일이
잘 봤어.

아무렴.
똑똑하잖아.
정확한
판단이야.

동행했던 서장관
허성도,(더구나
그는 동인이다.)

틀림없이

무장 황진도 황윤길과
같은 주장을 했지만,

쳐들어올
것입니다.

묵살되었다.

전쟁은 그렇게 쉽게
나는 게 아니라고.

그래도 혹시나 하는
두려움이 있어서

이순신, 송상현 등을 남쪽
최전방에 배치하고

전국에 축성, 성곽 보수 등을 명했다.
그러나

이마저도 김성일이
시폐10조를 올려
비판하면서
폐기되었다.

섬나라
왜놈들보다
무서운 것은
민심의
이반이옵니다.
축성 등으로 백성의
원성이 날로 …

이순신의 지나친
발탁 등용도
문제이옵니다.
체직하소서.

그나마
이게 채택되지
않은 것이
천만다행이죠.

임진년 봄, 왜관은 이미 텅 비었다. 전쟁을
대비해 조금씩 모두 철수한 것이다.

요시모토!
와지마!
고이즈미!
아베! …
다들 어디
간 거지?

바봐냐?

3월 말, 이순신 홀로 때마침 완성된 거북선을
타고 나가 포격 훈련을 했을 뿐,

조선은 조용했고, 그렇게 예고된 전쟁은 시시각각
다가오고 있었다.

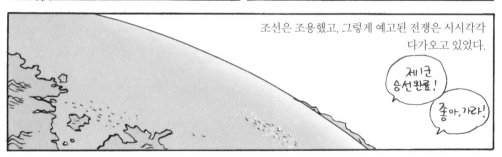

제1군
승선완료!

좋아, 가라!

파죽지세의 침략군

조선은 문 우위의 나라.

조선을 건국한 사대부들은 문에 의한 지배를 제도화하는 데 성공했다.

권력은 총구에서 나온다지만 우린 달라.

무를 제압했고

동반(문)

서반(무)

왕과 지근 거리에 있는 여자들과 환관들도 권력화되지 못하게끔 했지.

물론 문정왕후가 세상을 쥐고 흔든 때도 있었지. 하나, 그것은 우리가 허용한 수렴청정 제도에 따른 것이고, 왕 뒤에 숨어 막후 실세로 정국을 좌우한 여인은 없었다 이 말이야.

환관도 마찬가지. 이웃 중국만 해도 환관들이 득세한 때가 많았지만 조선에선 어림없는 일!

말하자면 우리 조선은 유학의 종주국인 중국보다도 더 문명화된 정치 시스템을 구축한 나라.

자부심을 가져도 좋을 만큼 조선은 동시대 그 어느 나라보다 세련된 문치를 이룩했다.

권력은 붓 끝에서 나온다!

그러나 문 중심의
사회는 필연적으로
무에 대한 경시를
가져오게 마련.

건국 초기에는 그래도 무의 중요성이
강조되면서 진법 훈련이나

무기 개량 등에
많은 노력을
기울였지만,

평화가 지속되면서 무는
점차 관심 밖으로 밀려났다.

이런 경향은 사림이 집권하면서
더욱 심화되었다.

병법도 모르는 문신들이
비변사 재상, 병조 판서,
도원수까지 차지했다.

국방장관
합참의장,
육군참모총장
등등이 다
민간인이라…

더욱이 그들은 좋은 장수를 육성하기 위한 제도도,
좋은 장수를 보는 안목도 없었다.

아무개 말야.
무재가 대단하대.
빠르고 힘도 세고
활솜씨도…

나도 봤어.
목소리도 우렁차고
터프하더군.
용맹할 거야.

여진족이나 왜구의 소규모 침공에 맞서
전공이라도 세우게 되면 바로
명장으로 받아들였다.

아무개가
승리를?

오!
아무개!!
그 친구 그럴 줄
알았다니까.

장수들도 해이해지기는 마찬가지. 과거에 급제하면 그뿐, 스스로를 업그레이드하기 위한 노력을 기울이지 않았다.

무슨 소리야? 내가 왜 노력을 안 해?

변방에 배속되면 다른 무엇보다도 축재에 열성인 그들이었다.

뭘 모르는구나. 축재가 바로 나 자신을 업그레이드하는 방편인 걸.

축재를 해야 서울의 윗분들에게 선물을 할 수 있고, 그래야 업그레이드, 즉 계급 상승을 이룰 수 있거든.

일선 병사들은 양민 중에서도 가장 약한 처지의 사람들.

배짱이 없어서 도망도 못 가고

돈이 없어 좋은 데로 빠지지도 못한 찌질이들이지.

한마디로 오합지졸 맞고요. 그처럼 우리도 오합지졸이 되고 싶어 된 건 아니라고요.

툭하면 전복 떠러 가랴, 약초 캐러 가랴 장수들 돈벌이에만 봉사하다 보니 제대로 훈련을 받을 수 없어 이리된 거지.

이 위험한 삼위일체 체제에 전쟁은 없다는 동인 권력의 상황 판단이 더해졌으니…….

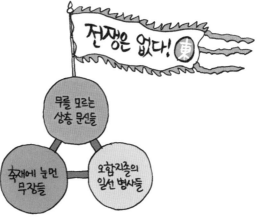

전쟁은 없다! 東

무릎 모르는 상층 문신들

축재에 눈먼 무장들

오합지졸의 일선 병사들

선조 25년 1월, 도요토미 히데요시는 조선 침략을 결정짓고 총동원령을 내린다. 이에 따라 수십만 대군이 나고야로 집결하고,

이 정보는 사신을 통해 조선에 전해졌다.

그런데도 경계조차 게을리한 조정이었고

전쟁은 없다니까.

일선 장수들이었다.

위에서 별 일 없다는데 뭘…

때문에 조선은

저게 뭐지?

세견선인 모양이야.

고니시 유키나가가 이끄는 1만 8,700명의 침략군 선봉대가 부산 앞바다에 나타나고 나서야 침략 사실을 알았다.

허억

당연히 상륙을 막기 위한 해전 한 번 없었다.

일본 침략군과 처음 대적한 곳은 정발이 첨사로 있는 부산진성.

압도적 숫자와 전투 능력, 장비를 갖춘 적에 맞서서

정발 이하 군민은 잘 싸웠다.

그러나 성은 끝내 함락되고

적들은 성 안의 조선인 3,000명을 살육한 뒤

동래읍성으로 발길을 옮겼다.

동래 부사 송상현이 답했다.

싸우다 죽는 것은 쉬우나 길을 빌려주긴 어렵다!

战死易 假道難!

그렇게 싸움은 시작되었고,

송상현과 동래성 군민들도 끝까지 싸웠으나

반나절 만에 함락되었다. 고니시군은 여기서도 수천의 군민을 도륙했다.

다만 송상현의 장렬한 최후에 감동해 성 밖에 묻어주었다 한다.

조선의 충신 송상현 여기에 묻혀 있다.

이 두 싸움을 통해 일본군이 입은 피해는 전사 100여 명, 부상 400여 명.

그래도 생각보다는 매운걸.

그러나 조선군의 매운 맛은
거기까지였다.
경상 좌병사 이각은

저와 함께
결사항전
하십시다.

좋은 방법이 아니오.
나는 성 밖에서
협공하겠소.

동래성에 들어왔다가
도로 나가 밖에다
진을 친 다음

전투가 시작되자 도망가버렸다.

작전상
후퇴닷.

경상 좌수사 박홍은 성과 무기를 버리고 도망갔고,

미 툭!

경상 우수사 원균은 무기와 배를
바다 속에 밀어넣고

도망했다. 군대가 거의 흩어졌음은 물론이다.

도망간 건
그렇다 쳐.
무기와 배는
왜 버려?

적이 사용하지
못하게
그런 거지.

안전한 지대로
피해서
보존했으면
좋았잖아.

그러게

반면 일본 군대는 어떤가?

사령관들은 각 지방의 영주이고,

휘하 군대는 그 지방 출신으로 편성되어 있어 단결력이 강했다.

그리고 이미 여러 전투에서 손발을 맞췄기 때문에 조직력이 환상이지.

전군이 정예 부대란 말씀!

최신식 조총(철포)으로 무장한 그들은

조선 사정에 대해 매우 정통했다. 진작부터 스파이를 풀어 조선 전역을 샅샅이 살피고는

정밀한 지도를 만들어 가지고 있었다.

도로, 항만, 읍성, 조세창, 하천, 도강 지점 등등을 빠삭하게 그려놨지.

납치하여 앞잡이로 삼은 조선인들과 왜관에 거주하여 조선말을 익힌 일본인들까지 여럿 확보한 상태.

통역과 길 안내, 그리고 어쩌면 점령지의

군정 관리까지 우리가...

싸움에 임해서는 먼저 척후를 보내 충분히 정보를 얻고

그에 기초해 전술을 짜고 움직였다. 지피지기한 최정예 일본군과

적도 나도 모르는 오합지졸 조선군의 싸움이었다.

고니시의 제1군에 이어 가토 기요마사(가등청정)가 이끄는 2만 2,800명의 제2군, 구로다 나가마사가 이끄는 1만 1,000명의 제3군이 4월 18일, 19일 차례로 상륙했다.

그렇게 5만여 명의 선봉군은 세 갈래로 나누어 파죽지세로 북상을 계속했다.

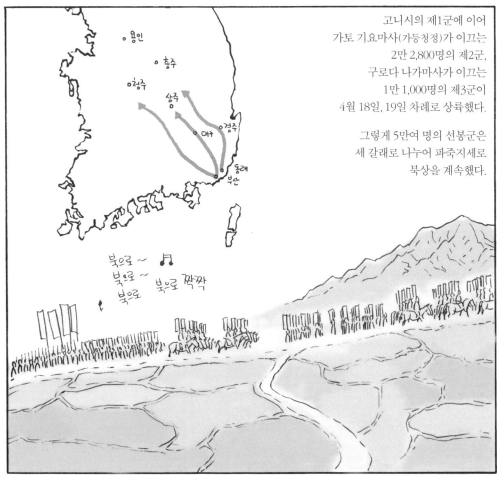

불타는 궁궐

일본의 침략 소식은 나흘 뒤인 4월 17일 조정에 전해졌다.

급보이옵니다 저언하!

정확하지는 않았지만, 연이어 도착하는 보고들을 통해

큰일났사옵니다!

급보이옵니다!

저언하! 남방에 왜군이···

사태의 윤곽은 잡을 수 있었다.

상당한 대군이 쳐들어와 방어진들을 차례 차례 깨뜨리며 무서운 속도로 북상하고 있는 것은 분명한 모양. 아!··· 어쩌자고 내 대에 이런 일이···

이에 선조는 유성룡을 도체찰사로, 김명원을 도원수로 앉히는 한편,

이일을 순변사, 신립을 삼도 순변사로 삼아 적의 북상을 막으라 명했다.

당시 조선의 방어체제는 제승방략이라 했다.

초기의 방어체제는 진관체제라 불렸는데,

어떤 것이냐면 거진을 중심으로 각 진이 스스로 싸워 지키는 체제죠.

자전자수! (自戰自守) 국방에서의 지방자치랄까?

을묘왜변 때 진들이 각개격파를 당하면서 문제점이 드러나자

대군 앞에선 어쩔 수가 없군.

파삭

과직

뿌직

뿌각

제승방략체제로 바뀌게 된 것이다.

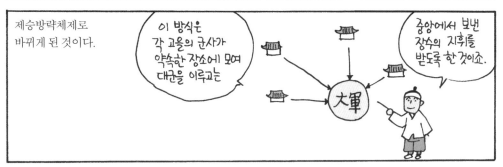

이 방식은 각 고을의 군사가 약속한 장소에 모여 대군을 이루고는

중앙에서 보낸 장수의 지휘를 받도록 한 것이죠.

大軍

경상 감사 김수는 이 전략에 따라 대구 들판에서 각 고을의 군대를 모아 진을 치게 했다.

지휘할 장수는 언제나 오려나?

적이 이미 가까이 온 건 아닐까?

무지 세다며?

지휘 체계도 안 잡힌 오합지졸의 군대는 하나둘 흩어지기 시작해 순변사 이일이 도착했을 때는 이미 거의 와해된 뒤였다.

칫! 군대는 간 데 없고 깃발만 나부끼는구먼.

가까스로 수습하여 남은 군사를 모으고 **상주 냇가에 진을 쳤는데,**

장군님!
장군님!

웬 소란이냐?

적이 가까이 왔습니다요.

거짓말 마. 이놈아.

정말입니다. 제 눈으로 똑똑히 보았습니다.

어허! 이놈이 그래도...

말도 안 되는 소리로 병사들의 사기를 떨어뜨리고 있어.

이일은 여진족과의 싸움으로 명성을 얻어 신립과 함께 조선의 양대 명장이라는 평을 듣던 장수.

스르릉

적정 탐지라는 기초적인 작업도 행하지 않은 채 도리어 자발적으로 정보를 제공한 이의 목을 베고 만다.

유언비어 유포죄!

불행히도 정보는 사실이었다.

저... 적이닷!

상대가 안 되는 게임.

이일은 군관 한 명, 노복 한 명과 함께 맨몸으로 도망하여

신립의 군진으로 들어갔다.

죽을죄를 지었소이다.

병사들은 섬멸되었다.

까악 까악 까악

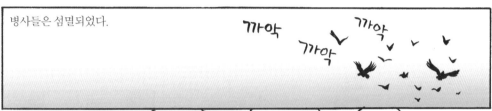

신립은 당대 최고의 명장.

신립이라면 막아낼 거야.

암! 신립은 다르지.

그럼. 신립인데.

여진족 이탕개의 침입을 물리친 영웅으로

기병에 능한 적을 기병으로 맞서 번번이 제압한 것으로 더욱 유명했다.

두두두두두두·····

여진족에게 그의 이름은 공포의 대명사였다.

으악! 신립 부대닷!

그러나......

네에?
아니 됩니다.
장군님!

적들은 수가 많고 강한데 상대하려면 험준한 요새인 조령을 지키며 싸우는 것이 유리합니다.

김여물 장군 말씀이 옳습니다.

아니! 그런 데선 기마병을 활용할 수 없잖아. 들판에서 한바탕 붙는 게 나아.

기병에 자신 있는 신립은 천혜의 요새인 조령을 떠나

충주 탄금대에 강을 등지고 진을 쳤다.

이름하여 배수의 진!

그러나 평야지만 논밭이 많아 말달리기가 곤란한 지대.

질떡

질떡

이윽고 적이 포위해 들어왔다.

가자!

장애물도 없는 평지, 논밭에 빠지며 기동성도 사라진 기마 병단은

꾸물

꾸물

발사!

일본군 조총부대에게 아주 쉬운 과녁이 되고 말았다.

탕탕탕탕탕탕탕

그렇게 힘 한번 써보지도 못하고 조선이 자랑하던 신립의 부대는 속수무책으로 깨져나갔다.

신립은 강물에 몸을 던졌다.

조선의 마지막 희망이었던 신립의 패전 소식을 조정에 전한 이는 상주 패전의 주인공 이일이다.

신립의 부대에 들어갔던 이일은 샛길로 산에 들어갔다가

일본군 한 명을
쏘아죽이고

상경하여 패전을 알렸고,
조정은 그의 죄를 묻지 않았다.

그가 베어가지고 온 목은 남쪽
성문에 매달렸다.

어쨌든 중요한 사실은
조선군의 핵심 역량이
여지없이 무너졌다는
것.

그리고 앞으로도
적의 진격을 저지하기
쉽지 않다는 것,
그렇다면 ,,,

파천하는 것밖에 도리가
없지 않은가?

술   렁

아니 되옵니다.
파천이라뇨?

종묘사직과
생민을 버리고
어디로 간단
말씀입니까?

대신 이하 모든 신하가 반대를 부르짖었다.
이산해 홀로 이렇게 한마디 했다가

예전에도 피란한 사례는 있긴 한데...

삼사의 탄핵을 받았다.

이산해를 파직하소서!

그럼 어쩌란 것이냐? 앉아서 죽자는 거야, 뭐야? 파천한다!

선조는 피란 예정지인 관서, 해서지방을 잘 다스려 인망이
있는 이원익, 최홍원을 불러 당부했다.

경들은 미리 가서 민심을 잘 수습했다가 어가를 맞도록 해라.

예! 전하!

신하들도 입으로는 반대했지만,
피란을 피할 수 없음을 잘 알고
있었다.

앞장서서 가족들을
대피시키는가 하면,

병을 핑계로 물러나 도망갈
준비를 하는 형편.

어디까지나 왔다더냐?

한강 가까이 온 모양입니다.

신하들 중 몇몇은 만약을
위해 세자를 세워야 한다는
소를 올렸다.

옳은 말이다. 경들은 누구를 세울 만하다고 생각하는가?

마땅히 전하께서 정하실 일이옵니다.

잘못 말했다가 정철 꼴 날라고?

왕과 신하가 서로 미루면서 시간만 흘렀다.

······ ······

그러나 한시가 급한 상황. 왕은 신하들이 말은 안 하지만 누구를 원하는지 모르지 않았고, 대안 또한 없다는 걸 알았다.

할 수 없군.

광해군이 총명하고 학문을 좋아하니 그를 세자로 삼고 싶다. 경들의 생각은 어떠한가?

참으로 종묘사직과 생민의 복이옵니다.

부랴부랴 광해군을 세자로 세우고,

새벽같이 피란길에 나섰다. (선조 25년 4월 30일)

파천 반대를 부르짖던 신하들도, 궁궐 호위를 맡은 갑사도 거의 달아나버려서
호종하는 종친, 문무관이 100명도 안 되는 초라한 피란 행렬이었다.

이날 저녁에 간신히
임진강을 건넌 왕은

이렇게 명했다. 1950년의 아무개와 닮았다.

강행군 끝에
이튿날인
5월 1일
피란 행렬은
개성에
당도했다.

왕이 떠난 궁궐은 백성의
습격을 받았다.

분노한 백성이 궁궐을 불질러버린 것이다.《실록》의 사초도,《승정원일기》도 이때 모두 불에 탔다.
노비 문서를 보관하고 있던 장례원도 불탔고, 원성의 표적이 되어온 형조 관아와
임해군의 집 등도 불탔다.

북으로, 또 북으로

개성에 도착해 한숨 돌리게 되자

호위 군대도 그런대로 갖춰지고

등 대고 누울 거처도 생기고

대간들은 다시 이산해의 처벌을 들고나왔다.

파천을 주장한 이산해는 죽여야 하옵니다.

파천을 결정한 날 말리지 못한 건 영상(이산해)이나 좌상(유성룡)이 같은데 왜 영상만 논하느냐?

산해는 오랫동안 인심을 잃었고 성룡은 사람마다 촉망하는데 함께 벌해서야 되겠나이까?

파천에 대한 논의는 영상이 한 것으로 모두 알고 있사옵니다.

난국을 부른 책임자가 아니고 파천에 동의한 이를 처벌하라고? 나 참 …

나는 왜적들을 한없이 우려해왔는데 (유성룡은) 도리어 내 말을 비웃었다.

민폐가 된다며 예비하지 않아 방비가 허술하게 한 것도 모두 성룡의 죄이다.

하여 이산해와 함께 유성룡도 파직되었다.

서인인 정철 등은 복귀했다.

이산해에게 탄핵이 집중된 것이나 정철의 복귀는 서인의 발언권이 세졌음을 보여줍니다.

한편 파천하면서 선조는 도원수 김명원과 부원수 신각에게 한강 방어를,

유도대장 이양원에게 서울 방어를 맡겼다.

처음에는 유성룡에게 서울 방어를 맡겼는데,

안 되네. 서행이 계속돼 국경까지 이르게 되면 중국과 교섭하고 응대하는 일이 있을 텐데.

조정의 신하들 중 명민하고 능란하며 말솜씨다 경우가 바르기로 유성룡만 한 이가 없네. 만일 여기에 머물면 패전한 신하가 될 수밖에 없는데 아뢰어 호종하게 해야 하네.

알겠네. 내가 적극 아뢰어 보겠네.

이항복의 권유에 따라 동료 관원이 청함으로써 호종 행렬에 함께할 수 있었다.

…… 하오니 유성룡에게 어가를 따르게 하소서.

음…… 그리하라.

한강 방어군은 북단에 진을 쳤고,

적은 곧 남단에 이르렀다.

바글 바글   챙 챙그랑

몇몇 일본군이 헤엄쳐 건너는 시늉을 하자

허걱!

도원수 김명원은 병사들에게 무기를 강물에 버리게 하고는

자신은 백성의 옷으로 갈아입고 임진강 방면으로 도망쳤다.

부원수 신각은 도성 안으로 가서

적들이 한강을 건너옵니다

음...

유도대장 이양원과 함께 양주 방면으로 후퇴했다.

며칠 뒤 신각은 양주 해유령에 매복했다가

지금이닷 쏴라!

약탈하고 돌아가는 일본군 수십 명을 공격해 섬멸했다.

퍽   퍽   퍽   퍽

작지만 개전 이래 조선 육군이 거둔 첫 승리였다.

수고들 했다.

신각은 조정에
승전보를 띄웠는데,

선전관이 내려와서는

죄인
신각은
어명을
받아라!

죄인?

뭔 소리?

목을 날려버린다.

쳐라!

도원수 김명원의
엉터리 보고 때문이었다.

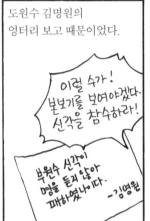

이럴 수가!
본보기를 보여야겠다.
신각을 참수하라!

부원수 신각이
명을 듣지 않아
패하였나이다.
-김명원

선전관을 내려보낸 후
승전보가 도착해서

이″″ 이런!
형 집행을
중지하게
하라.

부랴부랴 다시 선전관을 보냈지만
한발 늦은 것.

사람하군″″
운도 없지.

한편 상륙 20일 만에 서울에 무혈입성한 일본군은

아무리
무혈입성이라지만
명색이 수도인
한양을

코피 한 방울
안 흘리고
점령하게
될 줄이야.

다시 북진을 계속했다.

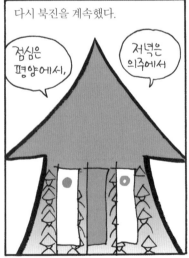

점심은
평양에서,

저녁은
의주에서

선조는 개성을 뜨면서

패장이자 허위 보고로 신각을 죽게 한 김명원에게 죄를 묻는 대신 다시 임진강 방어를 맡겼다.

뭐야? 잘할 때까지 계속하란 거야?

다만 김명원을 믿지는 못해서

한응인을 보내 응원하게 하면서 말했다.

도원수의 말은 듣지 않아도 되니 독자적으로 책임 있게 행동하라.

예! 전하!

강을 마주하고 대치한 양국 군.

돌연 일본군이 군막을 거두고 철수하는 것이 아닌가?

어라! 저것들이 겁먹었나 보네.

좋았어. 강을 건너 적을 추격한다.

안 됩니다. 적의 속임수임이 틀림없습니다.

내 생각에도 그런 것 같은데…

겁쟁이 같은 소리들
말고 얼른 가서
적을 치란 말얏!
거역하는 자
군법으로
다스리겠다.

김명원, 한응인 외 5,000 군사가 강북에 남고,
1만 군사가 강을 건넜는데,

매복한 일본군의 공격에 괴멸되고 만다.

타타타타타
탕탄탕탄
따당 따따땅

어떡해,
어떡해?

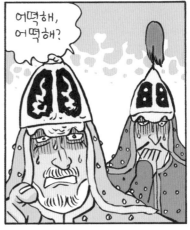

이에 강북에 남아 있던
군사들마저 흩어져버려서

김명원, 한응인은 수졸 몇 명만
데리고 평양으로 귀환해야 했다.

이때도 장수들에 대한
문책은 없었다.

어쩌겠느냐?
승패란 병가의
상사인 것을.

한편 일본군의 침략 도정에서 비껴난 전라도 병력을 비롯해 충청도, 경상도 병력까지 합세한 5만이 넘는 대군이 근왕의 기치를 내걸고 북상하고 있었다.

용인에 이르러 진을 쳤는데,

정말 장관이오.

이 정도 규모면 한번 해볼 만하겠지요.

일본 수군의 맹장 와키사카 야스하루가 선봉대 1,600명을 이끌고 급습하자

와와아

무너져버린다.

피융

피이유ㅇ

피 유

가까스로 수습해 진을 치고 밥을 지어먹던 이튿날 아침

적은 다시 공격해왔고,

우와와

5만이 넘는 대군은 거짓말처럼 와해되어버렸다.

＊근왕(勤王): 왕을 위해 충성을 다함.

서울에서도 개성에서도

저언하, 이곳을 버리고 어디로 가시려나이까?

저희와 성을 사수하소서.

걱정 말라. 그대들과 함께 끝까지 성을 지킬 것이다.

연막을 치다가

도망했던 선조. 평양에서도 반복하려는데

사수한다더니 어디로 튀려고 나섰어?

아는 건 도망밖에 없나 보지.

너이 ××

이딴 놈이 높은 자리에 앉아 나라를 망친 거야.

백성이 격렬하게 막아섰다.

아구구

철떡떡

주동 격인 몇몇을 목 베고 나서야 백성은 진정되었고,

누가 또 가로막을 테냐?

왕은 도망치듯 평양성을 빠져나왔다.

무서버라…

윤두수, 이원익 등에게 평양 방어를 맡겼지만,

앞서와 마찬가지로 무기력하게 평양성을 내주고 도망 나왔다.

이제 또 어디로 가야 할지를 놓고 의견이 분분했다.

나는 요동으로 가겠노라.

요동으로 갔다가 중국에서 안 받아주면 어쩌시렵니까?

그곳은 음식도 다르고 인심도 험합니다.

함경도요 ,,,

강계로 가소서.

나라 안에서야 내가 어딜 간들 적들이 쫓아오지 못하겠느냐? 왜적의 손에 죽기보다는 중국에 가서 죽겠노라.

정 뭐하면 세자를 함경도로 보내면 되지 않겠느냐?

내가 요동으로 가는 것은 피... 피란만을 위한 것이 아니다. 안남국도 멸망당하고 입조하니 명나라가 병사를 보내 회복시켜 준 전례가 있다.

선조의 상황 판단과 대책은 매우 현실적이었다.

오늘 이후론 세자로 하여금 국사를 임시로 다스리게 하리라.

비록 그 자신의 안전이 제일의 관심사이기는 했지만.

세자에게 왕위를 넘겨줄 수도 있느니라.

요동에만 갈 수 있다면.

처음부터 요동 망명이 현실적 대안이라는 선조의 판단에 호응한 이는 이항복과 이덕형이다.

오성과 한음으로 유명한 둘은 궁합이 잘 맞았을 뿐 아니라, 벼슬도 짝을 이루어 할 때가 많았다.

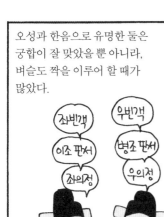

이로부터 둘이 어릴 적부터 개구쟁이 친구였다는 얘기도 많이 만들어졌지만, 이항복이 이덕형보다 다섯 살 위다.

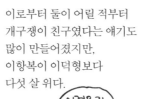

어렸을 적 다섯 살 차는 아주 크지.

정신연령은 비슷할 수도...

어쨌든 둘의 판단은 이랬다.

여차하면 요동으로 파신하여 망명 정부를 세우고 중국의 원조를 빌려 적을 물리친다.

지금은 부득이 창업할 때처럼 비바람을 무릅쓴 뒤에야 보전할 수 있습니다.

양궁(왕, 왕세자)께서 한곳으로 가면 (혹시 잘못됐을 시) 사람들이 의지할 데가 없어집니다. 요동으로 가면 명나라는 반드시 포용하여 받아들일 것이옵니다.

그렇지?!

이덕형은 구원병을 청하러 요동으로 떠나고,

꼭 성공해야 하네.

광해군은 왕과 헤어져 분조를 이끌기로 했으며,

선조는 의주로 이동했다.

강만 넘으면 요동이니 이제 안심♡

정주 영변
안주
평양
개성
한양

그런데 파죽지세로 북상하던 일본군에게 이상 징후가 나타난다.

주 춤

평양성을 점령한 고니시군이 그 이상의 북상을 포기한 듯한 태도를 취한 것.

장기전을 고려한 듯 성을 자기네 식으로 더 견고히 개조하고 있다고 하옵니다.

무슨 일이지? 지금까지의 기세라면 이곳 의주까지도 손쉽게 점령할 수 있었을 텐데…

정말 무슨 일이 벌어진 것일까?

• • • • •

사실 이때까지 일본군의 작전은 애초의 계획을 뛰어넘을 정도로 완벽한 성공을 거두어왔지 않은가?

이제 곧 명나라를…

그런데 예기치 못했던 곳에서 거침없는 하이 킥이 솟아올라 부푼 꿈에 젖어 있는 나고야의 도요토미 히데요시에게 작렬한 것이다.

?

한산도 앞바다
이순신이 학익진 전법으로 한산대첩을 이루어낸 곳. 이 승리로 조선 수군은 제해권을 장악하게 되고
일본군의 수륙 병진 전략은 결정적 타격을 받았다. 경상남도 통영시 소재.

이순신과
무적 수군

전라 좌수사 이순신

명나라를 정벌하겠다는 도요토미 히데요시의 꿈을 그의 과대망상 정도로 치부하는 경향이 있다.

자기가 칭기즈 칸과 동격인 줄 알아요. 치료가 필요해.

그러나 오랜 실전으로 단련된 수십만의 정예부대,

최신식 조총으로 무장하고 그에 적합한 전법까지 갖추었으며

싸움에 임하는 완강한 기질은 이미 정평이 난 그들 아닌가?

들어는 봤을 것이다. 사무라이 정신이라고.

죽거나 이기거나!

이후 명나라 군대와의 싸움을 봐도 알 수 있듯, 당시 일본군은 막강했다.

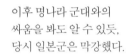

强

몽고군의 말발굽 아래 항복했고,

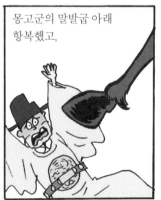

뒷날 팔기군의 깃발에 두 손 든 중국이다.

이런 점들을 고려해볼 때
도요토미 히데요시의 명나라 정벌 야망은
허황된 꿈만은 아니었다 하겠다.

그의 기본 전략은 이랬다.

전쟁 전 조선의
비변사 재상들은
논의 끝에
이런 결론을
내렸더랬다.

일본 쪽의 판단도 맥락은 비슷했다.

육군은 우리가 엄청 세고 수군은 더욱 어어어엄청 세지.

정벌력 100?

조선도 일본도 조선 수군은 아예 고려에 넣지 않았던 것.

아주 유령 취급이네. 우리 안 보여?

원균, 박홍 등이 싸워보지도 않고 전함과 무기를 바다에 처넣을 때까지는 세상의 판단이 옳은 듯했다.

끄르르...

전하! 우리 수군이 이순신이 이끄는 조선 수군에게 옥포에서 무참히 깨졌다고 하옵니다.

뭣이라? 수군이 깨져? 그럴 리가...

그리고 뭐? 이순신? 그게 누군데?

이순신은 인종 원년(1545) 서울 건천동에서 태어나 어린 시절을 보냈다.

난 동네형 유성룡

철들 무렵에는 외가가 있는 아산으로 이사해 살았다.

32세에 무과에 급제하여 그해에
함경도 건원보 권관(종9품),

35세에 훈련원 봉사
(종8품)가 되었다.

이때 상관인 병조 정랑 서익이
원칙에 어긋난 인사를
지시했으나

그건
곤란합니다.

끝내 거절했다.

안 되는 건
안 됩니다.

너 정말 말
안 들을래?
옷 벗고 싶어?
죽을래?

그 소문을 들은 병조 판서 김귀영이 소실의
딸을 첩으로 주고자 했으나 또한 거절했다.

그럴 수는
없는
일입니다.

이듬해에는 충청 병사 군관을
거쳐 종4품인 고흥의 수군 만호로
승진했다.

그러나 서익이 군기 경차관으로
와서 트집을 잡는 바람에
파직되었다가

차식!
까아불고
있어.

3년 전 직책인 훈련원
봉사로, 다시 이듬해에는
최초의 직책인 건원보
권관으로 좌천되었다.

6년 전으로
돌아왔군.

이때 여진족 추장을 사로잡는 공을 세우고도 상사의 시기로 위기를 겪기도 했다.

명령 없이 독자적으로 작전을 펼쳤으니 처벌해 주십시오.

흠...
이렇게 하라.
죄도 없고 공도 없는 것으로.

아버지 상을 당해 3년상을 치른 뒤 다시 종4품인 함경도 조산 만호에 기용된다.

녹둔도 둔전관을 겸했는데, 여진족의 기습을 받아 백성 60여 명이 잡혀갔다.

즉시 반격하여 적장 4명을 죽이고, 납치되었던 백성과 약탈당했던 재물을 되찾아왔지만,

아군도 10여 명이 전사하고 수십 명이 부상했으며,

이순신 자신도 허벅지에 화살을 맞았다.

이에 상관인 북병사 이일은 경비 소홀을 이유로 이순신의 목을 벨 것을 청했다.

이순신이 여러 차례 병력 증원을 요청했으나 들어주지 않은 잘못이 드러날까 봐 두려워서 이랬다고 하네요.

이순신은 전후 사정을 알리며 적극적으로 자기변호를 했다.

하지만 명성 높은 이일의 주장을 무시할 수 없었던 조정은 이순신에게 파직에다 곤장형, 그리고 백의종군을 명했다.

그래도 살아남았으니 다행입니다.

그해 겨울, 공을 세워 본래의 관작을 되찾았다.

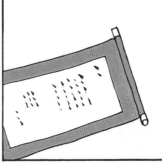

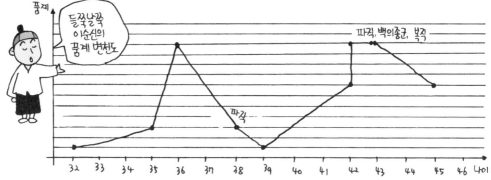

풍계

들쭉날쭉 이순신의 풍계 변천도

파직, 백의종군, 복직

파직

32 33 34 35 36 37 38 39 40 41 42 43 44 45 46 나이

재주와 공로가 있어도 10년 넘게 제자리걸음을 해야 했던 이유는 승진을 위한 '노력'을 하지 않았기 때문이다.

요번 설엔 두룩 두룩 선물이라도 돌리시지요.

쓸데없는 소리!

노력은커녕 찾아오는 기회도 차버리기 일쑤였다. 일찍이 이이가 이조 판서로 있을 때 만나보고자 했는데

이순신이 덕수 이씨라 들었는데

거절했고,

대감께서 인사권을 갖고 계신 동안은 찾아뵐 수 없다고 여쭈어라.

또 이런 일도 있었다. 파직되어 쉴 때 활터에 나가 활을 쏘고는 했는데……

거 전통이 참 근사하구먼.

아, 정승 어른!

예, 대감.

이순신이라 했는가?

어떤가, 자네. 그 전통을 이 늙은이에게 줄 순 없는가?

정승과 인연을 맺을 수 있는 보기 드문 기회. 보통이면 이렇게 대응했을 것이다.

네?

변변찮은 것인데 받아주신다면 영광이지요, 네.

죄송합니다, 대감. 이까짓 전통 하나로 대감과 저의 이름을 더럽혀서야 되겠습니까?

화끈

그런 사내 이순신! 45세에 전라 감사의 군관이 되어 조방장을 겸했고,

정읍 현감에 제수되어 선정으로 이름을 알리더니

간만에 좋은 원님이 왔어. 오래 계시면 좋으련만...

진도 군수, 배포 첨사를 거쳐

정읍 현감 이순신을 진도 군수에...

진도 군수 이순신을 배포 첨사에...

이순신을

실제 업무는 보지 못했죠. 부임지에 도착하기도 전에 새 임명장이 날아들었으니.

1591년 2월 전라 좌수사에 제수된다.

애초 이 자리에는 원균이 임명되었는데, 이전 고을에서의 성적이 나빴다는 이유로 이내 교체된 것.(그리고 몇 달 뒤 경상 우수사에 제수됨.)

아직은 조선이 망할 운명은 아니었던 모양이다.

옥포 해전의 승리

좌수사에 제수되고 1년 남짓한 기간 동안 이순신은 전쟁 대비에 총력을 기울였다.

전함을 만들고

화포와 화약을 준비했으며,

군사훈련을 거듭했다.

조정의 판단과는 달리 이순신은 일본의 침략을 기정사실로 여겼다.

왜적들의 포로가 되었다가 풀려나온 백성의 증언을 종합해 보면 놈들이 온다는 것은 분명해.

그는 적의 수군에 대한 충분한 정보 수집에 기반을 두고

적의 전함은 빠르나 견고하지 못하고

조총으로 무장하고 있는 반면 화포는 대단치 않아.

전법을 세워나갔다.

적의 침략 정보가 전해진 것은 왜란 발발
이틀 후인 4월 15일.

거듭되는 보고로 전황은 대략 파악되었다.

경상 우수사
원균은 처음
적의 침략
소식을 접하자
배와 무기를
바다에
침몰시켜버리고

육지로 피하려 했다.

옥포 만호 이운룡이 만류했다.

이곳을 잃게 되면 양호 (전라, 충청)가 위태롭습니다. 우선 전라도 수군에 구원을 청해 보는 게 좋지 않겠습니까?

도망은 그 다음에 가도...

흠... 그럴까?

이에 이순신에게 사람을 보내 구원을 청하기를 여러 번 했다.

잘 알겠네,

하나, 각기 맡은 곳이 있으니 쉽게 군사를 움직일 수 없음은 원 장군도 잘 알 걸세. 조정의 명을 기다리겠네.

그러더냐? 쳇~

이윽고 4월 27일, 선조가 보낸 4월 23일자의 명령서가 내려왔는데 그 뉘앙스가 묘하다.

... 이제 원균의 장계를 보니 여러 포구의 수군들을 거느리고 나가 형세를 과시하고 적을 덮쳐 격멸시킬 계획을 세우고 있다고 하는 바, 이는 좋은 기회이니 그 뒤를 잇달아 나가지 않으면 안 될 것이다. 만일 그대가 원균과 합세해 적의 배를 쳐부수기만 한다면 적을 평정시키는 것은 일도 아닐 것이다. ...

이에 출전 준비를 명하고

합동작전을 위해 원균 측에 사람을 보냈는데

돌아와 하는 말이 가관이다.

배도 없고 군사도 없고,

각 포구의 책임자들도 도망간 이가 수두룩합니다.

교지엔 분명 여러 포구의 수군들을 거느리고 나가 적을 덮쳐 격멸시킬 계획을 세웠다 했는데 …
군사도 없으면서 거짓 보고를 올렸구먼. 비루한 자로다.

휘하 장수들에게 정황을 알리고 작전 회의를 열었다.

결국 전라도 수군 단독으로 경상도 바다를 지키라는 것 아닙니까?

말도 안 됩니다. 우리가 맡은 곳을 제대로 지키는 것이 우선입니다.

그렇습니다!

그게 무슨 말씀들이오? 영남은 조선 땅이 아니랍니까? 지금 공격해야 영남도 돕고 호남 또한 지키는 것입니다.

녹도 만호 정운의 말이 옳다. 내일 새벽 출병한다. 준비하도록!

예! 장군님!

마침내 5월 4일, 판옥선 24척을 필두로 협선, 포작선 들에 몸을 실은 전라 좌수영 수군이 여수 수영을 출발했다.

둥~ 둥~둥~

와 와

5월 6일, 원균이 달랑 판옥선 한 척을 끌고 와 합류했다.

애개!!!

다른 경상 우수영 관할 포구에서 따로따로 나와 합세한 이들을 모두 합해도 원균 휘하의 판옥선은 고작 4척이었다.

.....

이순선 부대 + 원균 부대

5월 7일 점심쯤

쫘액

척후선에서 신기전을 쏘아 올렸다. 적을 발견했다는 신호.

명령 없이는 움직이지 말라! 태산처럼 고요하고 무겁게 행하라!

적선 30여 척이 선창에 정박해 있고,

적들은 상륙하여 분탕질을 하고 있었다.

전쟁은 이 맛에 하는 거지.

엉?? 그런데 저게 뭐야? 조선 수군?

에이~ 설마!!!! 진짠가?

황급히 배로 돌아온 적들은 다가오는 조선 수군을 향해 소총을 난사했다.

조선 수군은 넓게 학익진을 이루어 포위해 들어가다가

벼락같이 일제히 함포 사격을 퍼부었다.

그동안 일본 수군의 기본 전투 양식은 접근해

올라간 다음 백병전을 벌이는 것이었다.

여기에 조총까지 갖추었으니 바다에서는 이제 두려울 게 없다고 여겼으리라.

그러나 일찍이 경험해보지 못했던 화포 공격으로

일본 병선은 부서지고 침몰해갔고

바다에 떨어진 일본 병사들에게는
화살 세례가 쏟아졌다.

그렇게 적선 26척이 파괴되고, 수많은 적이 수장되었다.

조선군이 입은 피해는 겨우
부상 1명! 압도적인 승리였다.

승리에 자신감을 얻은 수군은 이어 합포에서 다시 5척,

이튿날에는 적진포에서 11척을 더 깨뜨린 뒤

개선했다.

만세!

만세!

헤어지기 전 원균이 말했다.

이 장군! 장계를 같이 올립시다.

급할 게 있습니까? 차차 올리지요.

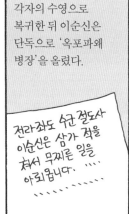

각자의 수영으로 복귀한 뒤 이순신은 단독으로 '옥포파왜병장'을 올렸다.

전라좌도 수군 절도사 이순신은 삼가 적을 쳐서 무찌른 일을 아뢰옵니다. ……

개전 이후 처음 거둔 대승에 평양의 조정은 떨 듯이 기뻐했고, 이순신에게 종2품 가선대부를 가자했다.

씨~ 두고 보자

＊가자(加資): 신하의 자급(품계)을 더해줌.

이순신, 바다를 장악하다

이순신은 장졸들의 전공을
치하한 뒤 곧바로

전함을 수리하고 화약과
화포를 제작하는 등

다음 전투를 위한 준비에
몰두했다.

5월 29일, 이순신 함대는 2차 출동에 나섰다.

둥~둥~둥~둥~

이때는 비장의 전함
거북선도 함께했다.

전라 우수영 이억기 부대, 원균 부대와 합류한 조선 수군은
판옥선만 50척이 넘는 위풍당당한 규모.

사천포에서 정박 중인 적선 12척을 발견해 모두 격파했다.

이순신은 이 싸움에서 어깨에 총탄을 맞아

오래도록 그 상처로 고생했다.

이튿날에는 당포에서 20척의 적선을 깨뜨렸는데,

거북선이 진가를 발휘했다. 포 공격에도 능하고,

충돌전에도 강했다.

적진 한가운데로 돌진해 좌충, 우돌을 해대도 적들로서는 속수무책.

죽기 살기로 올라왔다가는 송곳에 찔려 바다로 떨어지는 이가 속출했다.

거북선은 이전부터
있었던 모양이다.

그러나 판옥선이 명종 때가 되어서야 자리 잡힌
것으로 볼 때 판옥선을 근간으로 한 이순신 거북선은
과거의 거북선에 비해 한층 발전된 모델임이 분명하다.

태종 13년 2월 5일
임금이 임진도를
지나다가 거북선과
왜선이 싸우는 것을
(모의 실전 훈련)
구경하다.

태종실록

거북선을 선봉에 세운 조선 수군은
이어 당항포에서 26척, 율포에서
3척을 격파한 뒤

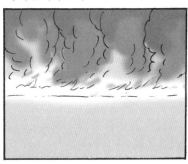

6월 10일 각 군영으로 복귀했다.

이 싸움에서 원균은 싸움보다도
수급(죽은 적의 목) 확보에 혈안이
되었다 한다.

저기도 있다
건져 올려.

옥포 승전은 이순신 혼자서
공을 독차지했어.
공을 인정받으려면 역시
많은 수급이 최고야.

원균은 그렇게 확보한
수급과 함께 장계를 올려
선조에게 깊은 인상을
심었다.

병졸도 얼마
없다던데
이렇게 많은
수급을 …
용맹스런
장수인
모양이야.

반면 이순신은 전투에 앞서 장졸들에게
항상 이렇게 경계했다.

수급에 신경 쓰면
목전의 싸움을
제대로 할 수
없다.

그대들의 공은 내가
장계에 낱낱이 적어
올릴 테니 오직
싸움의 승리에만
전력하라.
알겠나?

거듭된 수군의 참패에
도요토미 히데요시는 경악했다.

이러다간
나의 기본 전략이
파탄 나는데……

야스하루를 보내
대적게 하라.

와키사카 야스하루! 1,600명을 이끌고
5만이 넘는 조선 관군을 용인에서 무너뜨린
주인공.

바다에
나가
조선 수군을
치라 하셨단
말이냐?
그러지 뭐.

그의 주특기는 사실 해전이었다.

조선 수군이
다 없어진 줄
알고 할 수 없이
육전에 가담하고
있었던 것뿐.

이순신이라고?
누군지 모르지만
그대의 무운도
이제 끝이라네.

의욕이 충만한 와키사카는 다른 장수들과 합동작전을 벌이라는 도요토미 히데요시의 명도 무시하고

괜찮아. 나 혼자면 충분해.

이순신과의 일전을 서둘렀다.

자, 복수하러 가자!

그의 움직임은 이순신에게 착착 보고되었다.

그래? 이억기 수사와 원균 수사에게 기별하라. 출동이다.

7월 4일, 여수에서 출영한 이순신, 이억기 함대는 7월 6일 노량에서 원균과 합류했다.

적 70여 척이 견내량에 집결 중입니다.

견내량이면 수로가 너무 좁아 싸우기에 적합지 않소. 한산도 앞바다로 끌어내어 끝장을 내줍시다.

그깟 놈들 그럴 게 뭐 있소? 끝장 달려가 무찌릅시다.

공은 병법을 모르시는구려.

저 시키가...

어영담이 5척의 전함을 이끌고 들어가

적을 유인해내는 데 성공했다.

이순신의 학익진 함대망으로 들어온 와키사카 함대는 70여 척.

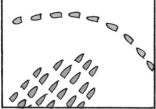

특유의 함포 사격과

거북선의 거침없는 진격.

적선 59척이 격침되었고,

일본 수군의 맹장 와키사카는 간신히 달아났다.

이것이 유명한 한산대첩이다. 이어 조선 함대는 안골포에서 다시 적선 20여 척을 깨뜨린 뒤 개선했다.

이겼다. 또 이겼다. ♪

와ㅡ와ㅡ와ㅡ와ㅡ

조정은 이순신에게 정2품인 정헌대부를,

원균과 이억기에게는 종2품인 가선대부를 가자했다.

그러나 의주의 조정은 이순신의 거듭된 승리가 주는 의미를 모르고 이런 소리나 하고 있었다.

고니시가 평양에서 꼼짝 않는 이유를 모르겠어.

그러게 말씀이옵니다.

왜란이 끝난 뒤 유성룡은 《징비록》에서 그 의미를 이렇게 정리하고 있다.

… 그에 앞서 고니시 유키나가가 평양에 당도했을 때 우리 진영에 이런 글을 보내왔다.

'우리 수군 10만 명이 곧 서해로부터 도착할 것입니다. 조선 임금께서는 이제 어디로 가시렵니까?'

원래 적은 수군과 육군이 합세해 서쪽을 공략하려 했던 것이다. 그런데 거제 싸움(한산도 해전)에 패하면서 한 팔이 끊어진 셈이 되었다. 이렇게 되자 평양성을 점령한 유키나가라 할지라도 지원군이 사라지게 되어 더는 진격할 수 없었던 것이다.

결국 전라도와 충청도를 보존하고 아울러 황해도와 평안도 연안까지 지키게 됨으로써 군량의 조달과 통신 체계가 확립될 수 있었다. 이는 곧 나라를 회복할 수 있는 기반이 되었던 것이다. 그뿐만 아니라 요동과 천진지방에 왜적의 손길이 닿지 않게 되어 명나라 군사들이 육로를 통해 우리나라를 구원할 수 있었다.

이 모든 것이 이순신이 한 번 이긴 결과였다.

조선 수군은 50여 일 뒤 다시 출병하여

부산포를 공격해 적선 100여 척을 깨뜨리는 전과를 올렸다.

상륙 본거지인 부산까지…… 끄응~

해전을 했다 하면 백전백패, 그렇다고 보급로를 포기할 수도 없는 상황. 이에 도요토미 히데요시는 연안을 따라 난공불락의 왜성들을 쌓도록 함으로써 최소한의 보급로를 확보한다.

해전은 하지 마라.

칠백의총

조헌과 영규 부대는 금산성을 공격하여 치열하게 싸우다 전원이 순절했다. 이에 조헌의 제자들이 조헌 이하 700여 명의 유골을 모아 합동 무덤을 만든 것이 칠백의총이다. 충청남도 금산군 금성면 의총리 소재.

올려라,
구국의 깃발

홍의장군과 경상 의병

조선은 사대부의 나라.

어험_

의무는 적고

병역 의무? 난 공부로 바쁘니 그런 건 아랫것들에게...

삼강 오륜이나 크게 거스르지 않으면 우리의 특권은 유지되고.

권리는 무한했다.

벼슬하여 백성 위에 군림하고

벼슬의 힘으로 명문서를 늘리고 ♪

그 많은 걸 누리던 그들은 왜적이 쳐들어왔다는 소문만 듣고는 대거 도망했고,

방어의 책임을 맡은 이들도 적들의 모습만 보고는 도망했다.

벼슬에 있든 없든 사대부 대부분이 제 한 몸만 생각하며 도망 다닐 때

글쎄... 함경도가 그중 안전할려나?

영감! 어디로 가우?

사대부의 명예를 지킨 이들이 있었다.

침략군이 상륙하고 열흘 뒤, 경상도 의령의 선비 곽재우가 가산을 털어 의병을 모집했다. 조식의 제자이자 사위로, 조식의 기질을 빼닮은 열혈남아.

분연히 일어나 원수들을 치자!

그가 일어선 의령은 낙동강과 남강이 만나는 곳으로 적들의 보급로에서 중요 지점이었다.

곽재우는 적들의 보급로를 교란하는 걸 우선적인 목표로 삼았다.

막강한 적을 상대로 정면 대결을 하는 것은 기름을 지고 불길 속으로 뛰어드는 격이다.

우리에게 맞는 전술로 이기는 싸움을 해야 한다. 정답은 게릴라전!

첫 전투에서는 적의 수송선단을 공격하기 위해

몸을 숨기고 지시할 때까지 기다린다.

미리 강바닥에 말뚝을 박아두었다가

적들이 여기에 걸려 전복되고 부딪히고 하는 사이

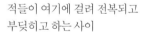

일제히 화살을 퍼부었다.

작전은 대성공! 멋진 승리였다.

봤느냐? 적들도 별거 아니다.

곽재우는 이벤트 능력도 뛰어났다.

천강 홍의장군?

하늘에서 내려온? '''''' 어쩌면 진짜일지도.

신출귀몰한 전략하며 '''

天降紅衣將軍

10여 명에게 자신과 똑같은 차림을 하도록 해서

적을 교란했다.

방금 홍의장군을 만났느데 어느새''''

헉!

거듭된 승리로 어느덧 홍의장군 곽재우는 백성에게는 희망의 이름으로, 적들에게는 공포의 이름으로 자리 잡았다.

축지법도 쓴다며?

그렇다니까.

분신술도 쓴다던걸.

제발 마주치지 않기를''''

곽재우가 제대로 활약할 수 있게 해준 이는 김성일이었다.

전쟁은 없을 거라고 큰소리쳤던 김성일은 경상 우병사에 제수되어 부임하던 도중에 왜란을 만났다.

어... 억수로 많은 왜적이 부산으로 쳐들어왔심더.

내 이럴 줄 알았다. 엉터리 주장으로 나라를 그르친 김성일을 당장 잡아오너랏.

전하! 그의 죄가 비록 크오나 지금은 한 사람의 인재라도 필요한 때이옵니다. 우선 그의 재주를 쓰심이 옳은 줄 아옵니다.

음...

붙잡혀 올라오던 김성일은 백성의 위무를 담당할 초유사에 임명되었다.

어명이요. 김성일을 경상 초유사에...

곽재우는 싸우지도 않고 피한 경상 감사 김수 이하 수령들의 행태에 분개했고,

급기야 각지에 이런 격문을 보냈다.

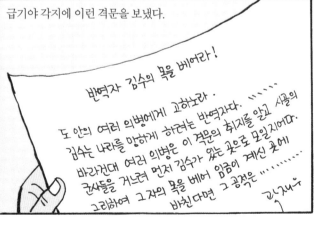

반역자 김수의 목을 베어라!

도 안의 여러 의병에게 고하노라.
김수는 나라를 망하게 하려는 반역자다. ''''''
바라건대 여러 의병은 이 격문의 취지를 알고 시골의
군사들을 거느려 먼저 김수가 있는 곳으로 모일지어다.
그리하여 그자의 목을 베어 임금이 계신 곳에
바친다면 그 공적은 ''''''''

곽재우

이…… 이런 불한당 같은 자를 봤나?

박득
박득

이에 김수는 글을 올려 자신을 변명하며 곽재우를 역적으로 말하기도 해서

조정에서는 곽재우에 대한 의심을 갖게 되었다.

곽재우란 대체 어떤 자요?

좀 위험한 인물인 것 같던데……

김성일은 제대로 된 상황 보고를 올려 조정을 납득시키고,

재우의 행동이 비록 지나치긴 했으나 그는 ……

의령현, 삼가현의 병력을 곽재우의 휘하에 소속시켰으며,

잘 부탁하오.

아울러 민가의 양곡에 대한 통제권까지 줌으로써 자체로 군수품을 조달하며 싸울 수 있게 해주었다.

김부자 댁에서 200석을 마련했습니다.

차용증은 써 줬지?

이에 곽재우는 더욱 맹활약을 할 수 있었다.

곽재우의 모범은 곳곳에 의병의 봉기를 촉발했다.

어? 되네!

좋아! 우리도...

우리 고을엔 의병장 감이 누구 없나?

나가자, 싸우자, 이기자!

이황과 조식의 문하에서 공부했던 김면은 거창과 고령에서,

벼슬에서 물러나 향리에 있었던 조식의 수제자 정인홍은 합천에서 창의의 깃발을 올렸다.

◦ 고령 (김면)
◦ 합천 (정인홍)
◦ 의령 (곽재우)

김성일은 이들에게도 적절한 권한과 병력을 더해주는 등 지원을 아끼지 않았다.

왜적만 잘 칠 수 있다면야!

이로 인해 초기에는 유격전을 주로 했던 이 일대의 의병부대들이 수천 명의 규모를 갖춤과 함께 정규군처럼 변해갔다.

성을 공격하여 탈환에 성공할 만큼 군세가
커진 이들의 활약에 힘입어

낙동강 서쪽 경상우도 일대는 완전히
수복되었다.

으! 이젠
주요한 육상
수송로 중 하나도
끊긴 셈이잖아.

만석꾼인 김면은 가산을 남김없이 의병 활동에
쏟아부어 처자들이 문전걸식을 해야 하는
처지로 내몰렸다.

그러나 처자들을 한 번도 만나지 않은 채 막사에서만
생활하던 그는

이듬해 3월 막사에서 과로로 숨을 거두었다.
다음은 그가 죽기 전에 남긴 시다.

장군님ㅡ

只知有國 다만 나라가 있는 줄만 알았지
不知有身 이 한 몸이 있음은 알지 못했노라.

전라 의병 고경명, 김천일, 최경회

당초 일본군에게 호남 점령은 주요한 목표가 아니었다.

부산, 충주 찍고 서울, 평양, 의주까지 빨리 빨리 올라가는게 중요해.

그러나 제해권을 빼앗겨 수상 보급로가 막힌 데다 경상 의병들의 활약으로 육상의 보급로까지 위협받게 되면서 사정은 달라졌다.

호남을 놔두면 안 되겠어. 조선이 힘을 키울 젖줄이 될 수 있어.

우리가 먹어 군수기지로 삼자. 잘하면 이순신을 고립시킬 수도···

이에 따라 일본 제6군은 호남의 교두보인 전주성을 향해 몰려들었다.

제1대는 웅치를 넘어 전주로!

제 2대는 이치를 넘어 전주로!

전라도 관군도 전주성 사수의 중요성을 모르지 않았다.

못 막으면 호남이 적들에게 넘어가고 그다음엔 나라가...

웅치는 김제 군수 정담이 맡았다.

철저히 방어준비를 한 다음

적을 맞았다.

중과부적으로 끝내 패하기는 했지만, 얼마나 처절하게 싸웠는지

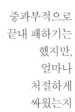

적 한 명을 죽이고 죽을지언정 한 발짝도 물러서지 말라!

뒤에 철수하던 제1대 일본군들이 조선군 전사자들의 시체를 모아 매장한 뒤 이런 푯말을 세울 정도였다.

弔朝鮮国忠肝義膽 조조선국충간의담

이치는 권율과 황진이 맡았다.

웅치 전투에서와 마찬가지로 물러섬을 모르는 결사항전이었다.

그런데 돌연 적이 철수를 했다.

고경명의 의병군이 일본 제6군 본거지인 금산성을 공격했기 때문이다.

고경명은 60세의 나이로 나주에서 의병을 일으켜 6,000여 병사를 모았다.

근왕을 위해 북상하다 금산성을 친 것이다.

힘을 다해 싸웠으나 전력의 열세를 극복하지 못하고

공격은 실패로 끝났다.

고경명과

그의 아들 고인후는 전사했다.

장남 고종후는 아버지와 동생의 시신을 거두어 피했다가

다시 의병을 모아 아버지의 뜻을 이었다.

최경회는 61세의 나이로 고경명과 함께했다가

금산 싸움 뒤 잔여 병력을 모아 의병을 재조직한 뒤 경상도로 넘어가 경상도 의병들과 함께 싸웠다.

김천일도 나주에서 기병한 뒤

에구~
갑주가
무거워

근왕을 위해 북상하다

강화도에 주둔하며 조정과
호남 사이의 연락 업무를 담당했고,

서울에 결사대를
잠입시켜 적을
공격하기도 했다.

고종후와 최경회, 김천일. 전라 의병을 대표하는 이 세 사람은
몇 달 뒤 경상도 진주성에서 장렬한 최후를 맞는다.

어쨌든 관군과 전라
의병의 분전으로
일본 제6군의 호남
점령 작전은 난관에
부닥쳤고,
조헌의 강공까지
겪게 되면서 결국 그들은
경상도 성주 방면으로
퇴각한다.

점령에 실패한
부대는 우리
제6군뿐이지!

어쩔 수가 없었지 뭐.
딴 데선 도망만 가던
조선군이 전주에서
아귀같이 달려들었으니

조헌, 영규 부대
봤잖아.
마지막 한 놈까지
덤벼드는 거.

조헌과 영규, 그리고…

조헌은 일본의 침략 가능성을 일관되게 거론하며 강한 모습을 보이는 것이 침략을 막는 길이라고 역설했던 열혈남아.

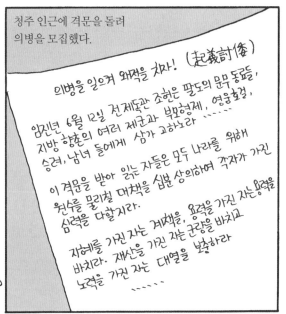

청주 인근에 격문을 돌려 의병을 모집했다.

의병을 일으켜 왜적을 치자! (起義討倭)

임진년 6월 12일 전제독관 조헌은 팔도의 문무 동료들, 지방 향촌의 여러 제군과 부모형제, 영웅호걸, 승려, 남녀 들에게 삼가 고하노라 ⋯⋯

이 격문을 받아 읽는 자들은 모두 나라를 위해 원수를 물리칠 대책을 십분 상의하여 각자가 가진 심력을 다할지라.

지혜를 가진 자는 계책을, 용력을 가진 자는 용력을 바치라. 재산을 가진 자는 군량을 바치고 노력을 가진 자는 대열을 보충하라

⋯⋯

그러나 가산이 없어 모병은 지지부진하여

군량미도 없이 무슨 수로 군대를⋯

의병 1,000여 명을 모으는 데 시간이 제법 걸렸다.

공주에서는 승려 영규가

우리가 일어난 것은 조정의 명이 있어서가 아니다. 죽음이 두려운 자는 떠나라.

1,000여 명의 승병을 모아 조헌의 부대와 합세했다.

여기에 일부 관군까지 합세해
청주성을 치러 나섰다.

상대를 우습게 본 적들이
성문을 열고 나옴으로써

치열한 백병전이 벌어졌다.

영규의 탁월한 현장
지휘에 따라

싸움은 우세하게 펼쳐졌다.

할 수 없이 성으로 철수했던
적들은 이날 밤 성을 비우고
도주했다.

청주성 탈환에 성공한 조헌, 영규 부대는

만세 만세
와아아앗 와 와

고경명이 탈환하려다
실패한 금산으로 발길을
돌렸다.

앞서 고경명이 금산을 칠 때
같이 공격하자는 글을
조헌에게 보내왔었다.

물론입니다.
함께하고
말고요.

하지만 의병을 제때 모으지 못해
약속을 지키지 못했던
조헌이다.

...

마음은 알겠지만 이 싸움은
무모합니다. 적들은 우리의
열 배가 됩니다.

그렇습니다.
뒷날을
기약합시다.

임금을 욕되게 한 신하는
죽어야 합니다.
나는 갑니다.

......

좋습니다. 같이 가서
한바탕 싸워봅시다.

죽기를 각오한 조헌과 영규의 의병 부대는 금산성에 이르러

열 배 가까이 되는 적들을 상대로 하루가 다 가도록 치열하게 싸웠고, 마침내 전멸했다.

일본군이 입은 피해도 엄청나서 시체를 성 안으로 옮기는 데만 사흘이 걸렸다고 전한다.

그리고 한 달 뒤, 일본군 제6군은 호남 점령을 포기하고 경상도 방면으로 물러난다.

영규 외에도 많은 승려가 호국의 기치 아래 싸웠다.

묘향산에서 거병한 서산대사 휴정과

그의 제자인 사명대사 유정이 유명한데,

이들이 이끄는 승병 부대는 얼마 뒤 평양 탈환 작전에 참여한다.

유정은 또한 전쟁 중에는 적장 가토 기요마사를 만나 여러 차례 회담을 했고, 전쟁 뒤에는 일본으로 건너가 도쿠가와 이에야스와 전후 처리를 둘러싼 담판을 벌이기도 했다.

그렇게 많은 승려가 불교 탄압을 일삼아온 유교국시의 나라를 지키기 위해 목숨을 바쳤다.

그 밖의 의병들

전 이조 참의 이정암은 주변의 추대로 의병장이 되어

의병 500명을 이끌고 연안성으로 들어갔다.

이곳은 앞서 조헌의 권고에 따라 신각이 방비에 공을 들인 곳.

이정암은 여기에 보태 더욱 만전을 기했다.

이윽고 5,000명의 적이 이르렀다.

호를 더 넓고 깊게 파라!

대포는 더 마련할 수 없겠는가?

깃발이 부족하다.

가마솥을 성벽 주변에 준비하고 물을 채워라.

이따위 게딱지만 한 성에서 우리 대군을 막을 성싶으냐? 항복하지 않으면 깡그리 죽여버리겠다.

너희가 병(兵)으로 싸운다면 우리는 의(義)로 싸운다.

화살과 돌,

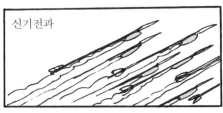

신기전과

각종 화포,

끓는 물 등

준비한 것을 총동원하여 이정암 의병과 연안성 백성은 결사적으로 방어했고,

3일 동안의 공격에도 함락에 실패한 적들은 결국 물러갔다.

와!

와

조정은 이정암의 공을 높이 사서 황해도 관찰사에 제수했다.

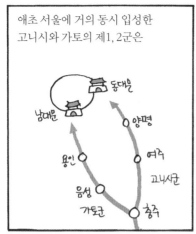

애초 서울에 거의 동시 입성한 고니시와 가토의 제1, 2군은

제비를 뽑아 진격 방향을 잡았다.

나는 평안도로.

쳇! 나는 함경도로.

선조는 처음 서울을 뜨면서 왕자들을 곳곳에 파견해

백성을 위무하고 근왕병을 모집하도록 했다.

이에 따라 서장자인 임해군은 함경도로

여섯째인 순화군은 강원도로 떠났는데,

강원도가 이미 적의 점령 아래 들어가면서

순화군은 임해군과 합류하여 함경도로 떠났다.

다행이다. 형님이랑 같이 가게 돼서…

자식!

둘은 백성을 위무하기는커녕

흥! 우리부터 먼저 위무를 받아야겠어.

내 말이. 고귀하신 우리가 이 무슨 고생이냐고?

가는 곳마다 평소대로 각종 물품을 요구해 백성의 원성을 샀다.

딱! 왕자님께서 소고기가 드시고 싶대잖아.

함경도는 태조가 왕업의 기반을 닦은 이른바 흥왕지지.

興王之地

그러나 조사의의 난, 이시애의 난을 겪으면서 왕실의 분노를 샀고,

함경도! 이 동네는 안 되겠군.

반역의 피가 흘러.

특별대우는커녕 괄시받는 지역이 되었다.

거의 식민지라 할 수 있지.

그러면서도 북방 방비와 관련한 부담은 다 우리에게 떠넘기지.

장수들의 수탈은 또 어떻고?

그 때문에 이 지역 백성의 분노는 이미 폭발 직전이었다.

부글 부글

해주는 것 하나 없이 빼앗기만 하는 나라 아이오?

가토군이 철령을 넘어 함경도로
들어섰다는 소식에

함경 감사 유영립을 비롯한 군현과 진의 수령들은
다투어 산속으로 숨기에 바빴는데,

나라에 대한 원한이 사무쳤던
이들은 다투어 그들을 붙잡아다

적들에게 넘기곤 했다.

유영립도 그렇게 넘겨졌다가 간신히
탈출했다.

철없는 왕자들인 임해군, 순화군도 그렇게 포로가 되었다.

평양 진격을 고니시에게 뺏긴 가토에게는 뜻밖의 선물.

조선의 왕자들? 게다가 장자가 끼어 있어?

잘 대접해라.

북도 병마사였던 정문부는 경성의 한 유생 집에 숨어 있었는데,

장군! 이제 나오셔야겠습니다.

지역 유력자들이 의병을 조직하고 그를 대장으로 추대했다.

이에 산속에 숨어 있던 수령, 진장 들도 합세해 제법 규모 있는 군대가 되었다.

이들은 경성부를 쳐서 함락하여

반란의 주모자들을 베었고,

길주성을 포위해 공격하는 등 맹위를 떨쳤다.

그 밖에도 평안도의 임중량,

경기도의 홍계남,

경상좌도의 권응수,

충청도의 이산겸 등

적잖은 이들이 창의의 깃발을 들었고,

나라로부터 받은 은혜도 없으면서 위기가 닥치면 떨쳐 일어나는 독특한 유전자를 가진 민중이 화답하여 맞서 싸웠다.

이순신의 무적 수군과

의병 들의 맹활약으로

일방적이던 전쟁의 양상은 전혀 다른 모습을 띠게 되었다.

뭐ㅣㅣ 뭐야?

진주성

진주 목사 김시민을 중심으로 병사들과 백성이 혼연일체가 되어 왜군을 대파한 곳이다. 1593년 6월 왜군이
다시 쳐들어오자 군관민이 끝까지 항쟁해 장렬한 최후를 맞았다. 경남 진주시 남성동·본성동 소재.

퇴각하는
일본군

살아나는 조선의 힘

의주에 도착한 선조는 언제든지
요동으로 뜰 수 있다는 사실에 안도했다.

압록강만
건너면
되걸랑

그런데

명나라 측에서
강변의 배들을 모두
건너편으로 옮겼다
하옵니다.

아니 …
왜? …
뭣 땜에?

예, 전하! 아무래도
우리가 건너가는 게
마뜩지 않아서
그런 듯하옵니다.

요동행 타진에 대한 명나라 측
공식 답변도 싸늘하기만 했다.

부득이 오겠다면 정라상
막기는 어렵다 하나,
그럴 경우라도 인원을
백 명 이내로 하라.

明

… ㅇㅇ

거처도 요동의 빈 관아
건물을 내주겠다고 한다.

명색이
일국의 왕인데
그렇게 밖에
대접할 수
없다 이거지?
……

이리하여 요동행에 대한
선조의 꿈도 많이
사그라졌다.

우리 조선이
그동안 얼마나
사대를 열심히
했었는데,

파병 요청에 대한 반응도
처음에는 싸늘했다.

구원병을?

듣자니 조선이 함락된 게
아니고 앞장서서 길안내를
한다는 정보가 있던데.

그ㅣㅣ 그럴 리가
있사옵니까?

그런 게 아니라면
강군을 자랑하는 조선이
그리 빨리 무너진다는 게
말이 되는가?

한족이 세운 명나라는 그 옛날 고구려의 기억으로 인해
조선에 대해 이런 생각을 가지고 있었다.

조선은 비록
땅덩어리 작지만
산세가 험하고
군세가 강한 나라.

우리 수나라,
당나라가
엄청
애먹었지.

아무래도
의심스럽다.

때ㅣㅣ 맹세코
사실이옵니다.
하루빨리
구원병을…

덜썩

명은 확답에 앞서 여러 경로로 사실 확인에 들어갔다.
다음은 상황 판단을 위해 조선을 찾은 황응양이
선조를 만나 나눈 대화다.

지난해 왜적들이
상국(上國; 명)을 침범하기
위해 우리에게 향도를
요구했으나 우리가 단호히
거절했었습니다.

그랬더니 이렇게 멋대로 쳐들어와 유린하고 있습니다. 고금에 어찌 이런 일이 있단 말씀입니까? 어흑흑

적의 위협을 받으면서도 절의를 받치 않았는데 중국은 이를 모르고 도리어 의심했습니다. 훌쩍.

우리 조정에서 이제 알았으니 즉시 구원할 것입니다.

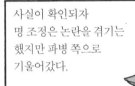

사실이 확인되자 명 조정은 논란을 겪기는 했지만 파병 쪽으로 기울어갔다.

오랑캐끼리 싸움인데 뭐하러 끼어듭니까?

그래요. 국경만 지키면 됩니다.

순망치한이라 했소이다. 입술격인 조선이 무너지면 우리도 위험에 빠질 것입니다.

그런데 이즈음 조선은 이미 자체의 힘으로 전쟁의 흐름을 바꿔가고 있었다.

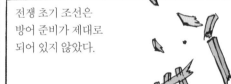

전쟁 초기 조선은 방어 준비가 제대로 되어 있지 않았다.

문관 중심의 최고위급 지휘관들은 지레 겁부터 먹었고,

장수들은 무능했다.

위험한 작전임다

시끄!

어이없는 도주나
패전에도

징계조차 하지 않을 만큼
기강을 잃은 조정.

어쩌랴?
승패는
병가지
상사인걸.

반면 일본군은 어땠는가? 신식 무기에
풍부한 전투 경험, 그리고 유능하고
노련한 장수들이 지휘하고 있었다.

그러나 이순신의
연이은 승전보와

의병들의 분전으로

싸울 만하다는 자신감이 퍼져나갔다.

어?
우리도
이길 수
있잖아?!

하긴, 제놈들은
사람 아닌가?

죽기 살기로
싸운다면
...

그리고 조선군에게는 일본군을 압도하는 각종 화포가 있었다.

적들에게
조총이
있다면

우리에겐
이런 것들이
있지.

콰콰콰ㅇ

고려 말 최무선이 화약을
제작, 사용한 이래

조선은 각종 화포의 개발과 성능 향상에 힘써왔다.(특히 세종과
문종이 많은 관심을 기울였다.) 그 결과물인 당시의
화포들이다.

천자총통
현자총통
지자총통
황자총통
대완구

싸움이 계속되면서 병사들도 경험을
쌓았고,

근접전엔
말야, 총도
소용없어.

저놈들이 칼을
잘 쓴다 하지만
중요한 건 깡이야,
깡!

권율, 김시민, 박진, 곽재우, 최경회 등 걸러진
장수들이 일선 지휘를 맡게 되었다.

웅치, 이치 전투에서 새로운
모습을 보인 조선 육군은

경상 좌병사 박진의 책임 아래 의병장 권응수, 정세아
등과 합세하여 경주성을 되찾는 데 성공한다.

경주성 탈환 전투에서는
화차와 함께

봐라!
조선식
기관총이닷!

따따따

비격진천뢰가 첫선을 보였다.

콰ㅡ아

꽈광

연안에 왜성을 쌓고
근거지를 마련한 일본은
꼬여가는 전황을
벗어나기 위해
진주성을 치기로 했다.

수군은
이순신 땜에
어렵고,

진주성을 쳐서
호남을 지나는
육로를 열자.

이때 진주 목사는 김시민.

진주성 판관으로 곽재우 등 의병과 합동작전을 펴며
실력을 보인 인물로, 진주 목사에 제수된 지 고작 두 달밖에
안 되었다.

하지만 그는 두 달 동안 철저히 방어체계를 다져왔다. 화포 등 첨단 무기를 충분히 준비했고,

군사훈련도 게을리하지 않았다.

이 신호는 동문 쪽을 응원하라는 것

둥둥둥

그리고 이 신호는...

뿌우우~

와와

적들이 가까이 이르렀을 때 경상 우병사 유숭인이 2,000명의 병사를 이끌고 왔으나

구원하러 왔소. 함께 싸웁시다.

김시민은 입성을 거절했다.

미안하지만 성문을 열 수 없습니다. 밖에서 응원해주면 고맙겠습니다.

계급이 위인 당신이 들어오면 지휘체계가 흔들려서 그동안의 훈련이 소용없어집니다.

소식을 들은 곽재우는 이런 말로 동의를 표했다.

이 계책이 성을 온전하게 하기에 충분하니 진주 사람들의 복이로다.

알겠소.
부디 건투를…

유숭인 부대는 이내 일본군에게
포위되었고, 장렬히 싸워
전멸했다.

그 기세를 몰아 들이닥친 일본군.

자…
준비!

진주성은 사전에
준비한 대로
침착하게
응전했다.

사정거리에
들어왔다.
발사하라!

콰 콰 콰콰 콰

참호를 짚으로 메우면
화공으로 태워버리고,

높은 대를 쌓아올리면
화포로 부숴버렸으며,

성벽을 기어오르는
적병들에게는
돌과 끓는 물을 안겼다.

그렇게 김시민을 중심으로 3,000명의 병사와 진주성 백성은 혼연일체가 되어 밤낮으로 싸웠다.

한편 외곽에서는 김성일의 사전 조치에 따라 동쪽에서는 곽재우 의병이, 서쪽에서는 최경회 의병이,

남쪽과 북쪽에서는 조응도와 김준민 의병이 응원했다.

6일째 되는 날 새벽, 마침내 적들은 무수한 시체만 남긴 채 퇴각해야 했다. 육전에서 거둔 최대의 승리였다.

그러나 승리의 주역인 진주 목사 김시민은 마지막 날의 전투에서 적탄에 맞아 끝내 회복되지 못하고 세상을 떴다.

이렇듯 조선군은 이제 도망만 가던 초기의 군대가 아닌, 용감하고 끈질긴 군대로 거듭나 있었다.

명의 참전과 행주대첩

명나라는 우선 요동에 있던 조승훈에게 1,300명을 이끌고 조선으로 가게 했는데,

조승훈은 평양성의 적을 얕보고는 후속 부대 3,000명, 조선군 3,000명을 이끌고 덤벼들었다가

크게 깨진다.
(선조 25년 7월)

조선 측이 엉터리 정보를 제공했기 때문이야. 저놈들··· 엄청 세잖아.

이에 명 조정에는 다시 파병 반대론이 일었다.

우리 국경만 지키면 되지 않겠소?

맞아요. 뭣 땜에 조선 땅에 가서 피 흘린단 말이오?

파병론자인 병부 상서 석성은 반대론자들을 설득하는 한편,

조선은 우리의 울타리입니다. 조선이 무너지면 요동이 위험에 처하고, 요동마저 잃게 되면 이곳 (북경)인들 안전하겠습니까?

유격장 심유경을 보내 일본과 협상케 했다.

준비할 시간이 필요하다. 그리고 그들의 군세도 살피고.

예.

심유경은 고니시 유키나가를 만나 50일간의 휴전을 합의했다. (선조 25년 9월)

마침내 명은 송응창을 경략에, 이여송을 제독에 임명하고, 5만여 군사를 파병했다. (경략과 제독은 조선으로 치면 체찰사, 도원수에 해당한다.)

일단 이들이 우리 국경을 넘어오지 못하게 해야 해.

겨울은 다가오고 우리도 명의 참전에 대비할 시간이 필요해.

이들은 음력 12월 얼어붙은 압록강을 건너왔다.

이여송은 고조부가 조선 사람으로, 요동에서 여진을 상대로 싸워온 서른 살의 맹장.

조선 군대에 대한 작전권을 인수한 이여송은 곧바로 조·명 연합군을 이끌고 평양성 공격에 나섰다.

가자! 명나라 군대의 위력을 보이자! 왜적들 쯤이야···

전쟁 시작과 함께 패배를 모르며 북진을 계속해온 고니시의 제1군.

그러나 조선군이 되살아나면서 서해로부터의 증원군과 군수품 지원이 막히고

육로를 통한 지원도 어려워졌다. 굶주림에다 강추위까지 …

이대로 가다간 섬처럼 고립되고 말 거야. 명나라 점령은커녕 조선 지배도 어려워.

안 그래도 막막하던 차에 조·명 연합군의 공격이 몰아쳤다. 압도적인 규모와

우르르릉

막강 화력.

꽈 꽝 꽝

그러나 일본군은 밀리면서도 악착같이 저항했다.

이러다간 우리 측 희생이 너무 크겠는걸.

안 되겠다. 퇴로를 열어주어라!

마침내 평양성 점령 6개월 만에 고니시 부대는 추위와 굶주림 속에 서울로 퇴각했다.

부산에 상륙했을 때에 비해 병사 수가 늪로 줄었구나.

이여송은 기세를 타고 남진을 계속했다.

봤느냐? 왜적들은 별거 아니다.

서울에는 함경도의 가토 부대를 제외한 일본군 대부분이 집결했다.

병사들의 사기도 군량도 모두 바닥이오. 퇴각해야 할 것이오.

내 생각도 그렇소.

동의하오.

그렇지 않소!

쉽게 등을 보였다간 결딴나고 말 것이오. 적들이 승세를 믿고 경솔히 달려들 가능성이 크니

총 반격으로 본때를 보여줄 필요가 있소. 후퇴는 그다음 일이오.

듣고 보니 과연 그렇습니다. 반격합시다.

읋소!

반격론을 편 이는 제6군 사령관인 60세의 노장 고바야카와 다카카게.

전라도 점령에 실패한 이죠.

그의 판단은 적중했다. 4만여 명을 총동원해 벽제관에 진을 친 다음

유인 부대를 보내자

이여송은 소수의 기병만으로 성급하게 달려들었다.

쫓아라! 뜨거운 맛을 보여주자!

두두두두두두…

결과는 이여송의 대패.

크게 혼이 난 이여송은 파주로, 다시 개성으로 뒷걸음질치고 만다.

적들에게 숨 돌릴 틈을 주면 안 됩니다, 제독!

유성룡 등이 계속 진격을 청했지만,

움직이려 하지 않았다.

말먹이가 모자라서 안 되겠소.

그랬다가 함경도의 가토군이 합세하면 낭패요.

1월은 내 운수가 안 좋아서리…

광주 목사 권율은 용인에서 패한 뒤 대오를
수습하고 북상하다 이치에서 적을 물리쳤다.

전라도 순찰사로 승진한 그는 전라도 군사
1만여 명을 이끌고 다시 북상하여 수원 독성산성에
주둔했다가

평양을 수복했다고?

예, 그리고 왜적들은
서울로 집결했다
합니다.

음···

일부인 2,300명을 이끌고 나와

이제 곧
명나라 군이
서울을 탈환하러
내려올 것이다.

행주산성으로 들어갔다.

여기에 있다가
서울 탈환 작전에
합세하는 거다.
알겠나?

예!

그러나 벽제관
패배로 겁먹은 명군은
내려올 줄 모르고

겁먹다니?
작전상 잠깐
숨을 고르는
거야.

요 쪼끄만 성이
영 신경 쓰이는걸.

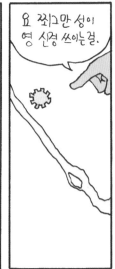

벽제관 승리로 자신감도 되찾고 시간도 번 일본군은 행주산성을 치기로 한다.

이 작은 성 하나를 치기 위해 무려 3만의 대군이 동원되었다.

권율은 산성 아래에 이중으로 목책을 설치하고

포진지를 구축하는 등 만반의 대비를 갖추었다.

적은 해일처럼 몰려들었다.

그러나 미리 준비된 화포와

다연발 신기전,

이치 전투 이래 단련된 호남 정예병들의 물러설 줄 모르는 투혼 앞에

일곱 차례에 걸친 공격도 무위로 끝나고,
일본군은 물러나야 했다.

권율의 공을
높이 평가하여
명 황제가 직접
상을 내렸고,
조정은 얼마 뒤
그를 도원수로
삼는다.

3천도 안 되는
군사로 3만의
공격을 막아냈다고?
… 쑥스럽구먼.

아, 진주성

벽제관 패배 이후 명나라 측은 강화에 무게를 두었다.

조선을 위해 피 흘릴 필요가 있냐고?

우리의 목적은 무엇보다 명의 안전! 저들의 퇴각만 받아낸다면…

경략 송응창

가토까지 합세했지만, 일본 진영도 사정은 마찬가지.

벽제관에서 승리했지만 저들이 다시 밀고 들어오면 어렵소.

그래요. 행주산성에서 보았듯이 조선군도 예전의 한심한 군대가 아니오.

군량도 바닥 직전이오. 퇴각 말고는 방법이 없소.

그렇소. 다른 대안은 없는 듯하오.

그러면 이런 의견을 나고야로 보냅시다.

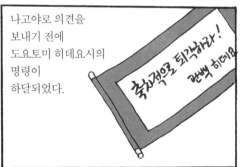

나고야로 의견을 보내기 전에 도요토미 히데요시의 명령이 하달되었다.

축차적으로 퇴각하라! 관백 히데요

과연! 관백님께선 상황을 다 읽고 계셨소. 이제 남은 문제는 안전한 퇴각 방법을 찾는 일이오.

그 일이라면 내게 맡기시오.

고니시가 다시 심유경을 만났다.

이러고 저러고 다 필요 없습니다. 귀 측이 할 수 있는 건 두 왕자를 석방하고 무조건 전면 철수하는 것뿐이오.

그러지 않으면 백만 대군의 응징이 있을 뿐이오.

허허허, 아시겠지만 우리도 쉬운 존재는 아닙니다.

귀 측에서 강화사를 보내야 믿고 물러날 수 있습니다.

강화사라··· 왕자들을 풀어주고 철수하겠다면야 윗선에다 잘 말해보겠소.

강화사 파견? 놈들이 순순히 물러가기만 한다면 그 정도야··· 오케이 해라.

명나라는 두 명의 강화사를 일본 진영에 보내고 안전한 퇴각을 보장해주었다.

조선 측도 후퇴하는 적들을 공격하지 말라.

이에 일본은 심유경과 강화사, 임해군과 순화군을 앞세우고 퇴각하기 시작했는데,
여유 넘치는 나들이 같은 행군이었다.

권율이 추격하기 위해 한강을
건너려 했으나
명나라 측의 제지를
받았다.

명나라 측은 며칠 뒤에나
추격 아닌 추격을 시작했고,

일본군은 안전하게 남해안 왜성에
들어갔다.

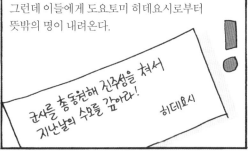

그런데 이들에게 도요토미 히데요시로부터
뜻밖의 명이 내려온다.

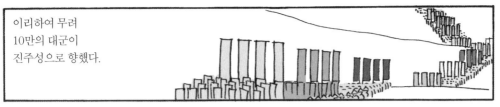
이리하여 무려
10만의 대군이
진주성으로 향했다.

이런 미……
미친 놈들이
있나?

당장 중지하라!
안 그랬다간
백만 대군으로 네놈들을
전멸시켜버리겠다

공격 중지를 요구하는 심유경에게
고니시는 이렇게 답했다.

지난번의
진주성 싸움에서
우리의 피해가
너무 커서
원수를 갚으라고
명한 겁니다.

되돌리기는 이미
늦었으니 대항하지
말고 성을 비우는게
상책이 될 것이오.

10만 대군을
실력으로 막을
엄두가 안 나는 명군은
엄포만 놓으면서
지켜볼 뿐이었고,

가만
안 둔다.

정말 혼내고
싶다 이거지.

조정은 7월 11일에야 이런 논의를 하고 있었는데,

적의 배후이자
소굴인 부산을 치면
적들이 뒤를 두려워해
감히 깊이 들어가지
못할 것 아닌가?

참으로 손빈,
한신의
계책이옵니다.
하오나,

인근의 장수들이 이미 거의 다 진주성에 들어갔고 도원수 권율도 남원에 있는 형편이옵니다.

명군이 아니고선 안 되겠구나. 서둘러 주선토록 하라.

그러나 이때는 이미 상황이 종료되고도 열흘이 넘게 지난 뒤였다.

진주성에는 진주 목사 서예원과 관군,

김천일 의병 300명,

의병장 최경회(그는 이때 경상 우병사였다.) 휘하의 군사 500명,

충청 병사 황진이 이끄는 충청 군사 700명,

고경명의 아들 고종후의 의병 400명 등

대략 1만여 명에 이르는 군사가 있었다.

곽재우는 합세하라는 명을 거부했다.

적병의 성세로 보건대 막을 수 없을 것이오.

명을 거부하다니! 군율에 죽기를 바라오?

내가 죽는 것은 아까울 것 없소이다. 다만 경험 많은 노련한 이 명사들을 어찌 차마 버린단 말씀이오?

누가 보아도 막을 수 없음이 분명한 상황.

우선 성을 피해 후일을 도모하심이 어떻겠습니까?

이 성은 험한 데다 군량은 족하고 화포도 많으니 죽어서 보람 있을 곳이오.

정답!

6월 22일 적의 공격이 시작되었다.

돌격하라!

매일같이 낮에 세 차례, 밤에 네 차례씩

깡 꽈꽝 깡 꽈꽈깡

날마다 새로운 형태의 공격이 이어졌다. 흙산을 만들어 내려 쏘기,

어느새 저런 높이로···

깡깡꽈꽝깡

쫄지 마. 우리에겐 포가 있잖아 3. 2. 1.

'귀갑거'를 이용한
성 허물기 시도,

심리전.

흘라
흘라요

엉덩이
춤을요

콱

6월 28일, 전투를 이끌던 충청 병사 황진이

보자, 어젯밤 전투로 적병 천 명은 죽은 모양....!!

탕

총탄에 쓰러졌다.

6월 29일, 비로 인해 동문 쪽 성벽이 무너졌다.

진주성은 함락되었고, 일본군은 도요토미 히데요시의 명에 따라 수만 명의 성 안 백성을 닥치는 대로 살육했다.

황진은 임진왜란 때 육군 무장 중 최고의 활약을 보인 인물로 평가받아 마땅하다.

그는 전쟁 전 황윤길, 김성일의 수행 무관으로 일본에 갔다가 한 쌍의 칼을 사오며 이렇게 말했다 한다.

머지않아 이놈들이 쳐들어올 텐데 이 칼로 모두 베어 주리라.

그의 군대는 기강이 서고 절도가 있어서 용인 패전 때에도 전혀 손실을 입지 않았다.

총원 ㅇㅇㅇ명 현재원 ㅇㅇㅇ명 부대원 전원 이사아앙 무!

이치 전투를 승리로 이끌었고,

진주성 싸움에서는 순성장을 맡아 전체 방어전을 지휘했다.

의병장 김천일은 갑옷 무게도 버거울 정도로 허약한 사람. 그러나 의기는 어느 누구보다도 강고하여

들어라, 병사들아! 이제 우리 모두 죽는 건 마찬가지이니 한 놈의 적이라도 죽이고 죽거라.

장수인 우리야 적의 손에 죽을 수 없지 않습니까?

여기를 우리가 죽을 장소로 삼읍시다.

좋소이다!

임금이 있는 북쪽을 향해 두 번 절을 올린 후 김천일과 그의 아들 김상건, 최경회와 고종후, 양산숙은 남강에 몸을 던졌다.

황진을 대신해 현장을 지휘하던 장윤, 김준민도 전사하고,

이종인은 적 두 명을 양팔에 끼고 강물로 뛰어들었다.

김해 부사 이종인이 여기에서 죽노라!

많은 여인도 뒤를 따랐는데,

며칠 뒤 일본군의 자축연에 참여했던 논개는 왜장을 끌어안고 남강 물에 투신했다 한다. (단 그녀의 이야기는 《실록》에는 전하지 않는다.)

다시 무력한 조선

강화가 마음에 안 드는 선조.

강화에 대해 말하는 자는 간인이니 먼저 목을 베어 효수한 뒤 보고하라!

어찌 저 왜적들과 한 하늘 아래 살 수 있겠는가? 복수! 오직 복수만이 있을 뿐이다!

그러나 신하에게나 큰소리쳤지,

강화를 추진하는 명 측에는 씨알도 먹히지 않았다.

저들은 우리의 불구대천의 원수올시다. 오직 멸하는 것만이 ···

나참!

심유경 왈,

귀국이 복수하고자 한다면 하세요. 누가 말리겠소. 다만 협상을 통해 왕자들을 돌려받게 하고 군대를 철수해 다시는 침략하지 않기로 한다면 좋은 일 같은데 ···

송응창은 이런 말까지 했다.

조선의 군신이 모두 고집스레 내 말을 들으려 하지 않으니 한심하다.

오랑캐들 이해시키는 어려움이 이와 같도다.

전쟁이 일어나고
피란길에 오르면서,

그리고 자신의 안전에만
급급한 모습을 보이면서
군왕으로서의 선조의 위신은
땅에 떨어졌다.

선위를 촉구하는 상소가 여러 번
있었을 정도다.(왕조 시대에
하야 요구란 평시라면 반역으로
치부될 일이다.)

처음에 마냥 몰릴 때는
요동으로 갈 수 있다면
선위도 할 수 있다는
태도를 보였던
선조지만,
구원병이 오면서

생각이
달라졌다.

그는 선위 문제를 오히려
자신의 위신을 되세우는
방편으로 활용키로 했다.

이 상소가
맞는 말이오.
나는 역사의
죄인이니
선위함이
마땅하오.

신하들의 만류는 태종 시절 이래의 역사적 전통!

아직 적이 물러가지도
않았사온데 선위라뇨,
아니 될 말씀이옵니다.

그러하옵니다. 적들을
쳐박을 생각만 하셔도
부족할 텐데 어찌 그런
생각을 하시옵니까?

며칠씩 밀고 당기기가 계속된다.

선위하는 게
옳다.

그렇지
않사옵니다.

백성은 적의 총칼과 굶주림으로 죽어나가는데,
며칠씩 선위 소동으로 소일했던 조정이다.

그러다가 어쩔 수 없다는 듯 슬며시
뜻을 거둔다.

이후 조금만 곤란한 상황에 처하면
여지없이 선위 카드를 들고 나왔다.

한 번 만류한 신하들은 계속 만류할 수밖에 없다.

잦을 때는 한 달에도 몇 번씩
반복되었다.

그러나 막상 전쟁이 모두 마무리되자 선위 이야기는
사라지고, 오히려 세자를 싸늘하게 대했다.

일본군이 서울을 뜬 건 4월이지만,

선조는 환도를 계속 미루다

환도 하시옵소서.

좀더 상황을 지켜보고.

저놈들이 마음을 바꾸어 다시 올라오면 어쩌라고?

10월에야 들어왔다.

전쟁의 참화는 상상을 초월할 정도로 참혹했다.

전쟁과 굶주림, 역병 등으로 죽은 백성의 시체가 들판마다 수없이 널려 있었고, 들개와 산짐승 들의 먹이가 되었다.

까악

까악

까악

컹컹컹

서울 도성 밖에는 도성 안에서 내다버린 시체들이 곳곳에 산을 이루었다.

농토는 황폐해지고,

쑥밭이라더니 정말 그렇군.

굶주림이 극에 달한 백성 사이에는 인육을 먹는 풍조까지 생겨났다.
선조 27년 1월, 사헌부가 아뢴 내용이다.

기근이 극도에 이르러 인육을 먹으면서도 전혀 괴이하게 여기지 않습니다. 길가에 쓰러져 있는 굶어 죽은 시체엔 온전히 붙어 있는 살점이 없을 정도이며, 심지어는 산사람을 도살해 내장과 골수까지 먹고 있다 하옵니다.

사정이 이런데도 조정은 백성을 구제하고 민심을 수습하는 데 힘을 기울이지 않았다.

조정이 신경 쓰는 일이라고는 명나라 장수들을 보좌하고,

강화 반대 의견을 로비하는 것이었다.

안다. 철천지 원수.

왜적은 우리의 ...

그 때문에 해가 바뀌고 또 바뀌어도 상황은 개선되지 않았다.
농토는 황폐해진 채 방치되고,

장정이랑 소가 있어야 밭을 갈고

종자가 있어야 씨를 뿌리지.

백성은 여전히 굶주리며,

군량미는 쌓이지 않았다.

군사 역량은 오히려 급격히 약화되었다.

명의 참전 이전에 이미 자력으로 전세를 반전시켜나가던 조선군이 아닌가?

관군도 의병도 자발적으로 나서서 싸웠고,

내 고장, 내 나라는 내 힘으로!

장수들은 조정의 지시 없이도 필요한 곳을 찾아다니며 싸웠다.

어딜 가서 싸우는 게 적에게 가장 타격이 될까?

조헌, 영규 부대는 죽음의 길임을 알면서 금산성을 쳤고,

최경회, 김천일 등 전라도 의병들은 스스로의 판단으로 경상도에 가서 싸웠으며,

경상도에서 막는 게 호남을 지키는 길이고,

호남을 지키는 것이 나라를 지키는 길이야.

권율이 행주산성으로 간 것도 누가 시켜서 한 일이 아니었다.

그런데 이런 자발성이 사라져버렸다.

가만 있자…, 이젠 움직이려면 명나라 군대의 허락을 받아야 하나?

장수들도 병사들도 의욕을 잃어갔다.

강화는 어찌 돼가누?

모르지 뭐. 강화든 전쟁이든 명나라가 다 알아서 하니께.

자주국방의 의지가 사라진 것이다. 명나라의 참전과 작전권 헌납이 부른 풍경이다.

大明

……

군량 부족과 의욕 저하로 관군의 수는 오히려 줄어들었고,

여기 있다간 굶어 죽겠네.

의병 조직도 급격히 무너져갔다.

집에 가서 농사나 짓자.

이런 흐름을 촉진한 사건들도 있었다. 선조 27년 1월,

청계산의 적당이 거사하려 한다고 합니다.

굶주림에 지친 백성 중 일부는 세력을 형성해 약탈을 하는가 하면,

더러는 의병 행세를 하기도 했다.

어허! 나라를 위한 싸움에 쓰겠다는데. 이거 안 보여?

그건 종자로 남겨 둔 건데….

청계산의 무리도 그런 부류들. 이내 송유진 등 주모자들이 잡혀왔다.

그들을 문초하니

아아악

이산겸의 이름이 튀어나왔다. 그는 토정 이지함의 서자로,

장군님…

조헌의 의병군에 참여했다가 금산성 전투에서 살아남은 이들을 중심으로 의병을 일으킨 인물이다.

시대와 나라의 부름대로 살았건만,

형장 아래 죽고 만다.

이 사건은 단서가 없어 다루기가 극히 어렵사옵니다.

나는 처음부터 (산겸이 도적의 괴수라는 걸) 의심했소. 송유진이 이미 수괴인데 그 위에 다른 누가 있겠소?

아마도 성세를 과장해 사람들의 이목을 현혹해보려고 그를 거명한 것이겠지. 하나, 산겸은 역적의 진술에 나왔으니 죽어야 할 따름이오.

선조 29년에는 이몽학 등이 충청도 홍산을
비롯한 5읍을 함락하고 기세를 떨치는
사건이 일어났다.

곧 진압되었지만, 조사 과정에서 이번에는
김덕령의 이름이 튀어나왔다.

김덕령이?

예, 전하.
그것도 여러 사람의
입에서 그의
이름이...

잡아오너라!

김덕령은 신력의 소유자라는
소문이 자자했던 위인.

유학까지 공부하여
선비로서의 양식까지
갖추었다.

주변에서 여러 번 의병을 권했으나
움직이지 않다가

나오시죠.
네?

나와서
대장을
맡아주세요.

적들이 후퇴한 뒤에
전택을 팔아 기병하자
몰려든 의병의 수가
5,000명에 달했다.
조정은 충용장이라는
칭호를 내려
격려하면서
남은 의병들을 모두
그의 휘하로
편입시켰다.

곽재우 같은 백전노장들도
그의 신망을 인정했다.

김덕령이라면
\`\`\`

의병장 대부분이 유학자들이었던
까닭에 건장한 체격과 호걸스러운
풍모를 지닌 그는 이렇듯 출발부터
안팎의 기대를 한 몸에 받았던 것.

와우!
저 카리스마!

눈빛도
죽이네

하지만 뒤늦게 일어선
관계로 아직 내세울 만한
공은 없는 상황이었다.

여섯 차례나 고문을 받았지만
죄를 인정하지 않은 채

공이 없으므로
죽어 마땅한
몸이외다.

별다른 변명도 없이
의연히 형장에서 죽었다.

휘하의 최담령은 풀려났지만,
겁쟁이 행세를 하며 살았다 한다.

앍앍

그의 죽음이 있고 나서
용력이 있는 자는
모두 숨어버리고 다시는
의병을 일으키지 않았다고
《수정실록》은 전한다.

나라를 위해
싸우는 건
미친 짓이야.

산속에 가서
화전이나
일구세

파탄 난 사기극

진주성 학살극을 벌인 일본군은
왜성들로 들어갔고,

명나라 측은 이를 문제 삼지 않은 채
강화 논의를 계속했다.

그건 지난번
1차 진주성 싸움의
복수였다잖아.

자꾸 따지면
뭐해?
강화가
중요하지.

협상의 두 주역인 심유경과
고니시는 죽이 잘 맞았다.

둘 다 배포가 컸고,

언변이 뛰어났으며,

협상가들답게
정세에 대한 판단이
매우 현실적이었다.

그런데……

명나라 조정과 일본 도요토미 히데요시의 요구가 너무도 달랐다.

강화를 하는 데엔 조건이 있다.
- 관백 (히데요시)이 항복하고,
- 조선에서 즉시 철군하며,
- 영구히 침략하지 않겠다는 약속을 해야 한다.

- 명나라는 화평의 인질로 황녀를 일본 왕의 후궁으로 보낼 것.
- 조선 8도 중 4도는 일본이 차지한다.
- 조선의 왕자와 대신을 인질로 보낼 것.
  ⋮

이게 말이나 되오? 관백의 요구는 승자의 요구 아니오?

관백께 상황을 설명드리고 요구 조건을 바꾸게끔 하시오.

그건 ⋯ 자신 없소.

둘이 내린 결론은……

그렇다면 ⋯

강화는 불가능!!

휴~

그러나 양측에서 강화는 기정사실이 된 상황.

이제 곧 고향으로

일본 측이 성의 표시로 임해군, 순화군을 방면했고, (선조 26년 6월)

명나라 군대는 1만여 명만 남기고 철수했다. 송응창, 이여송도 압록강을 건너갔다.(선조 26년 8월)

협상 의지는 명나라 측이 오히려 더 컸다.

남의 나라 와서 뭔 고생이람? 빨랑 끝내고 돌아가야지.

일본 측은 철군을 미룬 채 여러 왜성에 주둔하고 있었지만,

명나라 측은 자기 조정에 이렇게 거짓 보고를 하고 있었다.

일본군이 서생포에만 약간의 군대를 남겨놓고 모두 철수했습니다.

심유경은 고민을 거듭했다.

이미 철군까지 한 마당에 강화가 파탄 나면 내 목은 붙어 있지 못할 거야. 그렇다고 저들의 터무니없는 요구를 받아들일 수도 없고

고니시도 고민되기는 마찬가지.

이 전쟁을 계속하는 건 미친 짓이야. 명나라 점령은커녕 조선도 지배할 수 없다는 것이 이미 판명났잖아.

어떻게든 강화를 해야 돼.

둘은 기상천외한 대사기극을 공모한다.

이렇게 합시다.

어떻게요?

항복문서를 우리 관백 전하께서 보내실 리는 만무하오. 내가 가짜로 만들어 버낼 테니 귀측에선 허공, 허봉만 보장해 주오. 뒷 일은 내가 책임지겠소.

그 정도라면야 해볼 수 있겠소만...

허공, 허봉. 조공무역과 도요토미 히데요시의 왕위 책봉을 허락해달라는 고니시의 요구를 접한 경략 고양겸은(송응창은 해임되었다.)

허공, 허봉. 그 정도라면...

조선 측의 반대를 미리 막기 위해 선조를 압박해 이런 글을 황제에게 올리도록 했다. (선조 27년 9월)

결국 적을 위해 그런 글을 올렸으니 두고두고 수치스러울 일이로다. 흑!

일본의 봉공을 허락하시어 사직을 보존할 수 있게 해주십시오. 조선 왕 이연

저언하...

마침내 고니시는 가짜 항복문서를 든 사절단을 명으로 보냈고, (선조 27년 12월)

신 일본국 관백 풍선수길은......

명은 받아들여 이종성, 양방형을 책봉사로 파견하기에 이른다. (선조 28년 1월 출발, 11월에야 부산 도착.)

꾸물 꾸물

明

이에 자신이 내건 조건이 관철된 것으로 착각한 도요토미 히데요시는 순차적인 철군령을 내린다.

수고들 했다. 돌아와 쉬도록.

책봉사들이 일본군 진영에 머무르는 사이

고니시는 사전 작업을 위해 심유경과 함께 현해탄을 건넜다.

(선조 29년 1월)

고니시가 어느 정도 선에서 도요토미 히데요시를 납득시켰는지는 분명치 않다.

돌아와서 조선 통신사도 같이 보내줄 것을 요청한 것으로 보아 아마도 이를 조선의 항복 사절로 위장하려 한 듯하다.

호! 수고했구나.

해프닝도 있었다. 책봉사 정사인 이종성이

심유경과 고니시는 왜 돌아오지 않는 거야?

아무래도 왜놈들이 뭔가를 작당하는 것 같단 말야. 혹시 나를 인질로? …

일본군 진영을 탈출해버린 것이다.

(선조 29년 4월)

심유경과 고니시가
돌아왔다.

뭣이라고요?

책봉사가
도망갔다고요?

나 이런...

칙서랑 인장은
두고 갔으니 너무
염려하지 마요.

아!

불행 중
다행입니다.
그럼 이렇게
하죠.

남아 있던 부사 양방경을 정사로,
심유경이 부사로 행세하기로 하고

책봉사 일행이 일본으로
출발했다. (선조 29년 6월)

뒤이어 심유경의 접반사로
호흡을 맞춰온 황신이
조선 통신사의 임무를 갖고
출항했다. (선조 29년 8월)

도요토미 히데요시는 조선 사신은
다음의 이유로 만나주지 않았지만,

조선은 왜 인질인
대신과 왕자를
데려오지 않았느냐?

무... 무슨
소리지?

명나라 사신은 기쁘게 맞았다.
(선조 29년 9월)

껄껄껄
먼 길 오시느라
고생했소.

책봉은 황제가 내려주는 것이므로 책봉을 받는 자는 칙서와 책봉사에 대해 최상의 예를 갖추어야 한다.

그런데……

책봉사는 당황했다. 사정을 아는 심유경이 둘러대며

관백이 오늘 무릎에 종기가 나서 무릎 꿇지 못한답니다.

게다가 워낙 무식해서 고급 예절을 모른대요.

간신히 책봉례는 마칠 수 있었다.

휴~

그러나 이튿날 축하연에서

심유경, 고니시의 국제 사기극은 파국을 맞는다.

어이! 거기. 황제가 뭐라고 했는지 한 번 읽어봐.

꿈틀

이... 이...

이게 다 무슨 되지도 않는 소리냐?

나를 일본 왕에 책봉한다고? 왕이야 내가 하고 싶으면 그냥 하면 되는 거지. 명나라가 뭔데 왕을 하라 말라야?

대노한 도요토미 히데요시는 소리쳤다.

명나라와 조선의 사신들은 도망치듯 일본을 떴고,

다시 전쟁이닷!

고니시 유키나가!

예 전하!

당장 할복을 명하고 싶다만 한 번 더 기회를 주겠다. 공을 세워 죄를 씻어라.

아……

예, 전하!

지난 원정의 실패는 바닷길과 호남을 장악하지 못한 데 있다. 조선 수군을 박살 내고 호남을 장악하라. 그리고 이번 원정에선 멀리 북진할 필요가 없다.

예

닥치는 대로 무너뜨리고 죽여 없앤 뒤 신속히 남해안의 성으로 복귀하라. 그렇게 몇 번 하다 보면 조선 왕이 강화를 애걸하게 될 것이다. 알아 듣겠나?

지난 원정은 명나라 정복을 목표로 내걸었지만 아무것도 얻지 못한 채 끝나고 말았어.

꾸욱

요번엔 확실히 성과물을 챙겨야지.

명량대첩지
이순신이 전함 13척을 이끌고 병력이 조선의 수십 배가 되는 적을 상대로 기적 같은 승리를 이끌어낸 곳이다.
그 뒤로 일본군은 조선 수군과는 싸우려 하지 않았다. 명량해협은 전라남도 화원반도와 진도 사이에 있다.

정유재란과
그 뒤

이순신을 제거하라

조선 수군만 박살 내면 호남 점령은 일도 아닌데.

하지만 이길 방법이 없잖아.

문제는 조선 수군이 아니고 이순신이야. 그 자만 제거한다면...

그야 물론 그렇지만 어떻게?

조선 수군 격퇴, 호남 점령이라는 양대 과제를 떠안은 일본 장수들에게 이순신 제거는 우선의 공통 목표였다.

끄ㅡ응

이순신은 선조 26년, 한산도로 수영을 옮기고 3도 수군통제사에 제수되었다.

이곳, 특히 여기 견내량은 적들이 서해나 호남을 공략하려면 반드시 지나야 하는 곳이다.

이곳을 지키고 있으면 적들은 감히 어찌할 수 없을 것이다.

부산포
당항포
철천도
영등포
가덕도
다대포
절영도
옥포
당포
한산도

당시 일본군은 해안과 섬들 곳곳에
왜성을 쌓고 주둔하고 있었다.

성 쌓는 일은
우리의 또 다른
주특기지.

전국 시대에
끝없는 공방전을
거치며 축성술을
크게 발전시켰거든.
축성 속도도
빠르지만

성의 견고함이 또한
자랑이거든. 우릴
함락시키려면 적어도
다섯 배는 되는
군사가 와야 할걸.

봐봐.
이순신도
어쩌지
못하잖아.

사실이 그랬다. 싸움을 청해도 적들이 성에
웅거한 채 나오려 하지 않으니 이순신으로서도
뾰족한 수가 없었다.

무시하고
부산포 쪽으로
나아갔다간
포위되기
십상.

육군이 적들을
바다로 몰아주면
좋으련만
그럴 만한 힘이
없다니…

그렇게 일본군도 이순신도 선제공격을
하지 못하는 팽팽한 힘의 균형이
유지되고 있었다.

뭐가 힘의
균형이야?
몇 배의 힘을
가진 우리가
이순신 땜에
쫄아서 이러고
있는 거지.

씨벌!

강화 논의가 지루하게 계속되면서
조선군 내부에서도 독자적으로 적을 치자는
목소리가 커져갔다.

強

강경한 주장의 주인공은 좌의정이자 체찰사로 일선에 나가 있는 윤두수.

나가자! 싸우자! 이기… …기는 어렵겠지만

여기에 도원수가 된 이래 이렇다 할 뭔가를 보여주지 못해 안팎의 비난을 받던 권율이 가세했다.

이쯤에서 뭔가 보여줘야 해

군량도 없고 군사도 적고 무슨 수로 독자 공격을 한다는 거야? 꿈도 야무져요.

그러나 윤두수가 거듭 강력히 주장하여

성공하면 좋고 실패해도 종묘 사직에 할 말이 있게 되옵니다.

정 그러면 한번 해 보오.

육군, 수군이 합동작전에 나섰다.

그러나 적들이 무대응으로 나오니 머쓱하게 있다가

야! 나와!

제발 나오지 마.

픽, 쟤들 뭐야?

돌아와야 했다. 성을 공략한다면서 방어군보다도 적은 규모의 군대를 동원한 터무니없는 작전이었다.

휴우~ 살았다.

강화 협상 중이어서 봐준 거야. 고맙게들 여기라고.

바보들.

원균은 이순신이 수군통제사라는 직함으로 직속상관이 된 상황을 도저히 받아들일 수 없었다.

면전에서 노골적으로 불평을 늘어놓고,

여기저기에 이순신에 대한 험담을 하고 다녔다.

원칙주의자인 이순신의 눈에 비친 원균은 이랬으리라.

그런 원균이 상관인 자신을 대놓고 험담하며 다니는 것에 기가 막혔다.

둘 사이의 불화는 어느덧 조정의 중대 현안이 되었다.
사람을 보내 둘의 화합을 권고했는데도 갈등이 계속되자

조정은 원균을 경상 우수사에서 해임하고 충청 병사(얼마 후 전라 병사)로 옮겼다.

왜 나야? 칫!

두고 봐라, 돌아오고 말 테니.

육지로 올라온 원균은 불쾌했지만, 새로운 환경을 십분 활용한다. 조정의 대신들에게 적극적으로 로비를 하기 시작한 것이다.

웬 거냐?

충청 병사 원균 장군께서 보내신 것입니다.

오, 그래? 고맙기도 하지. 그나저나 원 장군의 상심이 크지?

말도 마십시오 훌쩍

그런데 원균을 내보낸 이후 선조는 작심한 듯이 이순신을 폄하하고 원균을 높이는 발언을 하기 시작한다.

선조 29. 6. 26.

이순신이 처음엔 힘껏 싸웠으나 그 뒤엔 작은 적이라도 잡는 데 성실하지 않았고, 적을 토벌하는 일도 없어 내가 늘 의심했다.

원균에 대해선 익히 들어왔다. 국사를 위하는 일에 매우 정성스럽고 죽음을 두려워하지 않는 이라고 들었다.

선조29. 10. 21.

원균은 전공이 있기 때문에 인정하는 것이지, 그렇지 않다면 결코 기용해선 안 될 자이옵니다.

이원익

그러하옵니다. 충청도 인심이 불편하게 여긴다고 하옵니다.

원균은 지극히 청렴한데 탐오하다는 소리가 나오는 까닭은 무엇인가?

그가 어찌 청렴하기야 하겠나이까?

선조 29. 11. 7.

원균은 어떤 사람인가?

유성룡

용감히 싸우는 것은 장점이지만 지친 군졸을 어루만질 줄 모릅니다. 영남 수군 중에 원망하고 배반하는 자가 많다 하옵니다.

신이 만나 보니 이순신은 스스로 변명하는 말이 없었으나 원균이 기색이 늘 발끈했습니다. 이순신을 한산도에서 옮긴다면 일마다 글러질 것이옵니다.

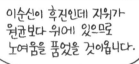

윤두수

이순신이 후진인데 지위가 원균보다 위에 있으므로 노여움을 품었을 것이옵니다.

전에 들으니 당초 군사를 청한 것은 원균이 한 일인데 조정에서 원균을 이순신보다 못하다고 생각하므로 원균이 노하게 되었다 한다. 공은 실로 원균에서 비롯된 것 아닌가?

이덕열

이순신은 열다섯 번 부르기를 기다린 뒤에야 비로소 나서서 배 60척을 잡고는 자기의 공으로 삼았다 하옵니다.

호남에 있던 적의 배가 공격해 오면 적이 충만해질 우려가 있어서 어쩔 수 없이 뒤에 간 것이옵니다.

원균은 당초 크게 패하였으나 이순신은 패하지 않고 공이 있나이다.

왕이 일관되게
원균을 추켜세우고
이순신을 폄하하는
태도를 보이자

원균, 넘버원!

이순신? 끌끌

신하들도 왕의 견해에
부화뇌동하는 경향을
띠어가는데,

그러하옵4다.

제 말씀이.

그들의 발언에는 원균의 로비가
크게 작용한 흔적도 보인다.

제가 수백 번 청하고 나서야 순신이 출동했습니다. 공도 독차지 했고요.

저런! 저런!

원균이 전력을
붕괴시키고 도망했던
장수라는 사실은
문제되지 않는다.

히~

더군다나 그가 원조를 청했으므로
공이 더 크다는 황당한 논리가
자연스럽게 자리 잡고 있음을
보라.(선조는 끝까지 이 논리를
고수했다!)

원균〉이순신

원균 짱!

제대로 된 판단과 주장을
하고 있는 이는 이원익
하나였다.

때맞춰 이순신의 휘하
장수들이 거짓 보고로
이순신을 곤경에 빠뜨린다.

장군님! 보고 드림다.

李

부산의 적 진영에 잠입하여 적 군량을 불질러 버렸습다.

오오! 그러냐? 수고했구나!

조정에서 돌아가는 이상한 분위기를 알고 있었으리라. 이런저런 입방아들을 한 방에 날려보낼 소식이다. 이순신은 자세히 알아보지 않은 채로 보고서를 올렸다.

그런데……

이순신의 보고는 거짓이라 하옵니다. 그 일은 이원익이 휘하에 명해 벌인 일이었다 하옵니다.

허! 남의 공을 가로채려고 했단 말이냐?

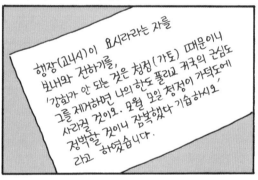

고니시와 선을 갖고 접촉해온 김응서의 장계가 도착한 것은 바로 이때였다.

행장(고니시)이 요시라라는 자를 보내와 전하기를, '강화가 안 되는 것은 청정(가토) 때문이니 그를 제거하면 나의 한도 풀리고 귀국의 근심도 사라질 것이오. 모월 모일 청정이 가덕도에 정박할 것이니 잡박했다 기습하시오.' 라고 하였습니다.

고니시와 가토는 이웃한 지역의 영주들이다.

야는 14만 석, 나는 16만 석! 내가 한 끗발 위지.

고니시는 상인 출신으로 정세와 물정에 밝았고,

무식한 넘

가토는 도요토미 히데요시의 최측근 무장 출신이다.

얍삽한 자식

둘은 서로를 라이벌로 여겼고, 이에 도요토미 히데요시는 둘에게 제1, 제2 선봉장을 맡겼다.

그래, 누가 선봉장 역할을 더 잘하나 볼까?

질 수 없다!

가토가 고니시의 평양 패배를 과장해 떠들고,

이 싸가지 없는 놈을···

고니시가 강화 협상을 주도하면서 둘 사이의 골은 더욱 깊어졌다.

장사꾼 주제에···

둘은 뒷날 도요토미 히데요시가 죽고 나서 일본 전역이 그의 아들을 지지하는 서군과 도쿠가와 이에야스를 지지하는 동군으로 나뉘어 싸운 세키가하라 전투에서 적이 되어 싸웠다.

서군이 패하면서 사로잡힌 고니시는

할복을 거부하여 (그는 기독교 신자다.) 목이 잘렸고,

그의 영지는 가토의 차지가 되었다. 이는 훗날의 이야기이고,

여하튼 둘 사이의 불화와 둘의 성향에 대한 정보는 조선 측에도 많이 전해져서

고니시에 대한 신뢰도가 상당히 높아져 있었다.

아주 견원지간 이랍니다.

고니시는 줄곧 강화를 하고자 했는데

가토는 전쟁광인 모양입니다.

고니시는 괜찮은 자인데

가토가 문제!

그러나 고니시가 누구인가?
전쟁에 임하면
전쟁의 논리에 충실하고,
협상에 임할 때도
전쟁의 논리를 적절히
사용할 줄 아는
냉철한 무장 아닌가?

개전과 함께 부산진성, 동래읍성을 함락한 뒤 무자비한 살육 잔치를 자행한 그다.

이렇게 공포를 심어줘야 덤빌 생각을 못하는 법.

또한 이때의 그는 공을 세우는 조건으로 목숨이 잠시 연장된 상황.

시시한 공으론 안 돼. 눈에 확 띄는 공을 세워야 산다.

가토를 제거해 전쟁이 일어나지 않는다면 그의 목숨도 보장받을 수 없게 된다.

눈에 확 띄는…… 그렇지!

고니시는 자신과 가토의 불화를 이순신 제거에 활용키로 했고,

그거 재미 있군. 하여간 잔머리는...

조선 조정은 그의 계략에 걸려들고 만다.

가토를 잡으면 전쟁이 없단 말이지? 그럴 거야!

저억

이순신에게 명해 가덕도로 나아가 기다렸다가 가토를 잡도록 이르라.

그러나 이순신은 이를 적들의 흉계로 보고 명을 거절한다.

바닷길이 험하고 왜적이 필시 복병을 설치해 기다릴 것입니다. 전함을 많이 출동시키면 적들이 알게 되어 소용이 없을 것이고, 적게 출동시키면 습격을 받게 될 것이 자명합니다.

당시 남해안 왜성들엔 아직도 철군하지 않은 적 2만여 명이 있었습니다.

그런데 《실록》의 날짜별 기록을 살펴보면 이순신에게 명령이 전달되기도 전에 이미 가토는 군대를 이끌고 상륙한 상태로 보인다.

며칠 뒤에 바다로 나가 얼쩡거리면 된다 이거지?

그러나 선후가 뒤섞인 정보들 속에 조정의 상황 판단 능력은 마비되고 만다.

가토가 200척을 이끌고 가덕도에 정박했다 합니다.

이순신이 출전 명을 거부했나이다.

행장은 조선이 하는 일이 매양 이렇다며 기회를 잃어 매우 애석하다고 하였답니다.

그리고 이때를 맞춰 약속이라도 한 듯이
원균이 장계를 올렸다.

　ˎˎˎ 우리나라의 군사 위력은 오직 해전에 달려
있습니다. 신의 어리석은 생각으로는 수백 척의 수군으로
영등포 앞으로 질러 나가 큰 바다에서 위력 시위를
해야 합니다.

그리하면 수전에서 이기지 못해 겁을 먹고 있는
청정은 틀림없이 군사를 거두어 돌아갈 것입니다.
이것은 신이 함부로 하는 말이 아니옵니다.

바로 이렇게
해야 하는 것을
이순신! 그 자가
ˎˎˎˎˎ

보아라! 적장은 손바닥 보듯이
가르쳐 주었는데 우리는 해내지 못했으니
우리 나라야말로 천하의 용렬한 나라다!

이순신은 왜구를 두려워 해서
그런 것이 아니라 나아가
싸우는 데 싫증을 낸 것입니다.

윤두수

(예전에도) 이순신은
정운 (전사한 전 녹도 만호)이
싸우려 하지 않는다고
참하려 하자 마지 못해
싸웠던 것이옵니다.

김응남

이번에 이순신에게 청정의
목을 베기를 바랐던 게 아니다.
단지 배로 시위하여 해상을
순회하라는 것뿐이었는데
하지 못했으니 아!
한탄스럽구나.

가뜩이나 이순신에 대한 근거 없는
불신으로 가득했던 조정은 이제
이순신 제거의 길에 저마다
경쟁하듯 뛰어든다.

이순신은 ˎˎˎ

선조 30년 1월 27일, 이 한심한 발언들을 보라. 이정형과 정탁 정도만 바른 소리를 내고 있을 뿐이고,
이순신의 추천자인 유성룡까지 모함 경쟁에 가세하고 있다.

이순신이 어떤 사람인지 모르겠다. 이제는 비록 그가 청정의 목을
베어 온다 해도 결코 그 죄를 용서할 수 없다.

신은 한 동네 사람이어서 어려서부터 그를 아는데
직무를 잘 수행하는 자라 여겼습니다. 성품이 강의하고
뜻을 굽힐 줄 모르는데 무릇 장수는 뜻이 차고 기가 퍼지면
반드시 교만해지게 마련이옵니다.

이순신은 용서할 수 없다. 무장으로서 어찌 조정을 경멸하는
마음을 갖는단 말인가? 우상(이원익)이 내려갈 때 원균 같은
장수는 평시엔 써서 안 되고 전시에는 써야 한다고 했소.
(이원익은 공이 있기 때문에 할 수 없이 쓰고 있을 뿐이란
뉘앙스로 말했다. ㅡㅡ;)

수군으로서 원균만 한
사람이 없으니
이제 써야
하옵니다.

김응남

나라를 위하는 마음이
깊습니다.

유성룡

수군의 선봉으로
삼고자 하오.

지당하십니다.

임진년에 원균과 이순신이
천천히 장계를 올리기로
약속했다가 이순신이 몰래
혼자 올려서 자기의 공으로
삼았기 때문에 원균이
원망을 품었다 하옵니다.

이산해

이순신을
체직해야
하옵니다.

위급할 때
장수를
바꿀 순
없사옵니다.

윤두수

정탁

이순신의 사람됨은 모르지만
지혜는 적은 듯하오. 임진년 이후엔
한 번도 거사하지 않았고
이번에도 하늘이 준 기회를 취하지
않았으니 어찌 매번 용서만
하겠소?

신이 순신을 천거했나이다. 임진년에 순신이 정헌대부가 되고 원균이 가선대부가 되었다는 말을 듣고 작상이 지나치다고 여겼사옵니다. 무장은 지기(志氣)가 교만해지면 쓸모 없게 됩니다.

거제에 들어가 지켰다면 영등, 김해의 적이 필시 두려워했을 것인데 오랫동안 한산도에 머물며 별로 하는 일이 없었고, 이번 바닷길도 역시 나서지 않았으니 어찌 죄가 없다고 하겠나이까?

유성룡

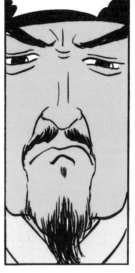

이순신은 조금도 용서할 수 없다. 무신이 조정을 가볍게 여기는 습성은 다스리지 않을 수 없노라!

순신이 '거제도에 들어가 지키면 좋겠지만 한산도는 적들이 수심의 깊고 얕음을 알지 못하고 거제도는 그 땅이 비록 넓긴 하나 선박을 감출 곳도 없는 데다 안골포의 적과 상대하고 있어서 들어가 지키기 어렵다' 하였으니 그 말이 합당한 듯하옵니다.

원균은 사변이 일어난 처음에 강개하여 공을 세웠는데 다만 군졸을 돌보지 않아 민심을 잃었나이다.

이정형

사헌부가 적극 가세하면서

이순신을 율에 따라 죄주셔야 하옵니다.

체포령이 떨어졌다.

원균과 교대한 뒤에 잡아오도록 하라.

앗싸!

성공!

흥!

이순신은 조정을 기망하고 적을 놓아 보냈으며 남의 공을 가로채고 무함까지 하였으니 죽여 마땅하다. 대신들은 어찌 생각하오?

다행히도 정탁이 나서서 간하면서

그는 명장이니 죽여선 아니 되옵니다. 군사상 문제는 판단하기 어려운 부분이 있사옵니다. 그 또한 짐작하는 바가 있어 나가 싸우지 않은 것이라 생각되옵니다. 바라건대 너그러이 용서하시어 훗날에 대비하소서.

고문은 한 번으로 끝나고

삭탈관직되어 백의종군 길에 나선다.

칠천량 패전과 호남 붕괴

이즈음 조선 육군은 유명무실한 상태. 믿을 데라고는 오직 수군뿐이었다.

적은 수전에 강하고 우리는 육전에 강하니 상륙시켜 싸우는 게 수야.

전쟁 전에 이랬던 대신들도

이제는 스스럼없이 이런 말을 한다.

조선은 수군이 강해.

적들이 두려워하는 건 수군뿐.

왜냐? 적선보다 우리 판옥선이 훨씬 강하기 때문이지.

전쟁 전에는 판옥선이 없었던가?

경상 좌수사 박홍과 우수사 원균은 왜 판옥선을 침몰시키고 도주했던가?

수군이 강한 것만 알았지, 왜 강한지는 모르는 조정이었다.

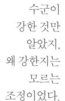

새 수군통제사 원균은 진중에서나 전투에서나 이순신과는 반대로 행동했다.

이순신은 늘 부하들과 함께했다. 수시로 불러 작전을 의논하고,

술을 마시고,

바둑을 두었다.

그래서 이순신의 휘하 장수들은 대장의 생각과 작전을 완전히 이해할 수 있었고, 이로부터 환상의 조직력이 만들어질 수 있었다.

원균은 이순신이 신임했던 장수들을 멀리했고,

이순신이 부하들과 함께하며 작전을 연구하던 운주당에 첩을 데려와 살았다.

부하들은 대장의 얼굴조차 보기 힘들었다.

강력한 수군이 출진만 하면
뭔가 될 거라는 환상에 젖은
조정은

우리 수군은
무적이니까.

새 통제사 원균에게
이를 요구했다.

가덕도로 나아가
위세를 박이고 적이
나타나면
무찌르게 하라!

원균이라면

이는 사실 원균 자신의 주장이기도
했던 것. 그러나

휘하 장수들이 결사반대인 데다

그건 죽음의
길입니다.

그렇습니다.
불가능한
작전입니다.

장수가 밖에
있을 땐 임금의
명도 받들지 않는
법입니다.
거절하십시오.

원균 자신도 이 작전이 얼마나
위험한지를 깨닫게 되면서

이게
안 되는
거였잖아.

입장을 바꾼다.

육군이 먼저
가덕도, 안골포의
적을 공격해
바다로 몰아내
준다면 우리가
해치우겠습니다.

육군도 조정도
수군만 나서면
길이 열릴 거라는
생각이
지배적이었던
때인지라
도원수 권율이
촉구하고,

무슨 소린가? 수군이 다대포
등지로 왕래하며 무력 시위를
하다 보면 무슨 수가 날 것이다.
출전하라.

선조도 거든다.

그래도 망설이자 권율은 원균을 불러다 곤장을 쳤다.

원균에게 전하라. 전과 같이 후퇴해서 적을 놓아주면 나라엔 법이 있다고. 나 역시 사사로이 용서치 않을 것이라고.

즉시 출동하지요.

제 꾀에 넘어간 꼴이 된 원균.

전군 출동 준비!

자포자기의 심정으로 출정을 명한다. 그동안 만들어놓은 전선까지 총동원된 최대 규모의 출진이었다.

둥둥둥둥둥둥둥···

이순신은 사전에 충분히 정보를 취합하여 작전을 세우고,

언제나 척후선을 띄워 적의 동향을 시시각각으로 확인했다.

노 젓는 병사들이 지치지 않도록 중간 중간 정박하여 휴식을 취하게 했으며,

일단 싸움이 시작되면
속전속결 전법을 구사하고,

콰콰콰콰콰ㅛ

싸움이 끝나면 안전한 곳으로
이동해 정박했다.

척후는
방비를
게을리
말고,

상륙해서
물을 길어다
밥을 짓는다.
실시!

그러면서도 언제나
놓지 않았던 것은
싸움의
주도권이었다.

싸울 장소도
방식도 우리가
정한다!

원균은 척후선도, 사전 정보도 없이
대규모 선단을 출동시켜 강행군을
거듭했다.

둥 둥 둥둥둥

헉   헉

헉

적선 몇 척이 보이면 유인선인지도 모르고 전력을
다해 쫓곤 했다.

둥둥둥둥둥둥

놓치지
마라!

전속력으로
쫓아라!

지칠 대로 지친 조선 수군이
7월 16일 새벽 칠천량에
정박했다.

헉
헉   헉
헉

목마른 병사들이 서둘러
상륙해 물을 찾는데

1,000여 척의 적군이 포위해왔다.

이억기는 전사했고,

원균은 육지로 도망하다

죽음을 맞았다.

일본군이 유일하게
두려워했던
막강 조선 수군은
그렇게
칠천량 바다를
밝히며
사라지고 말았다.

뭐라고?
수군이 전멸을?
아이고오~
어쩌 이런 일이!
어쩌 이런 일이!

대신들은 왜
말이 없는가?
척후병도 세우지
않았단 말인가?
왜 후퇴하여
한산이라도
지키지 못했는가?

한산도를 고수해 호랑이가 버티고
있는 듯한 형세를 만들어야 했는데
(그동안 이순신이 폈던 전략이고 주장이다 --;)
출병을 독촉해서 이런 일을
초래했으니 이는 사람이 한 일이
아니고 하늘이 그렇게 만든 것이다!
(엥?!!')

거칠 것이 없어진 12만의
일본군은 전라도를 총공격해서
삽시간에 휩쓸어버렸다.

남원성도 전주성도 마침내 무너졌다.

피란해야지
않겠느냐?
이번엔 어디로
가는 게 좋겠느냐?

파주로
가시는 게
...

아니,
강화도가
...

필사즉생(必死卽生)

옥문을 나서 백의종군의 길을 가던 이순신에게

어머니의 부고가 전해졌다.

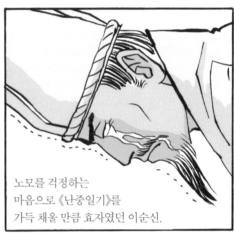

노모를 걱정하는 마음으로 《난중일기》를 가득 채울 만큼 효자였던 이순신.

그러나 길은 가야 한다. 선조 30년 4월 19일자 《난중일기》에 그는 이렇게 쓰고 있다.

일찍 집을 나서 떠나야겠기에 어머니의 빈소 앞에서 울며 하직했다. 어찌하랴. 어찌하랴. 천지에 나 같은 이 또 어디 있으랴. 어서 죽는 것만 못하다.

권율의 휘하에서 잠시 백의종군을 하고 있는데, 칠천량 패전의 소식이 전해졌다.

그동안 애써 키운 분신과도 같은 수군이 사라진 것이다.

머칠 뒤 3도 수군통제사로 복직하라는 교서가 내려졌다.

이순신은 곧바로 남해안으로 떠났다.

지근거리에서 일본군이 휩쓸고 다니는데

이순신은 보름 동안 연안 고을들을 샅샅이 훑었다.

그리하여 흩어진 장수와 병사 들을 다시 불러 모았고, 군량과 무기도 마련했다.

병사도 백성도 의지를 보여주었다.

다행인 것은 판옥선 열두 척이 남아 있었던 것이다.

오!

경상 우수사 배설은 원균에게 거듭 퇴각을 청했는데도 받아들여지지 않자

무모합니다.

됐어. 그만해.

휘하의 함대를 이끌고 칠천량에서 이탈했던 것이다.

이때 조정은 이순신을 다시 수군통제사로 삼기는 했지만, 무너진 수군으로 할 수 있는 일이 없다고 여겨 이순신에게 수군을 파하고 육전에 힘쓰라는 권고를 했다.

이에 대한 이순신의 답변이 유명하다.

저 임진년으로부터 오륙 년 동안 적이 감히 충청, 전라도를 바로 찌르지 못한 것은 우리 수군이 그 길목을 누르고 있었기 때문입니다.

지금 신에게는 아직도 전선 열두 척이 있나이다. 나아가 죽기로 싸운다면 해볼 만하옵니다.

이제 만일 수군을 전폐한다면 이는 적이 만 번 다행으로 여기는 일일뿐더러 충청도를 거쳐 한강까지 갈 터인데 신은 그것을 걱정하는 것이옵니다.

전선의 수는 비록 적지만 신이 죽지 않는 한 적은 감히 우리를 업신여기지 못할 것이옵니다!

어떤 조건에서도 싸움을 자기 주도로
이끌어가는 이순신은 벽파진에
정박해 적을 기다렸다.

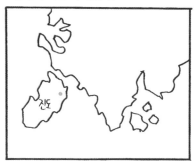

적은 함대로 강대한 적과 싸우기 위해 고심 끝에
택한 장소였다.

과거 한산도에 위풍당당하게 진영을
구축했던 것에 비하면 옹색하게
보였을 것이다.

어디?
벽파진?

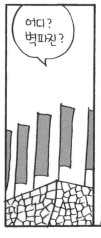

푹하하하
이순신이 그런
구석에 쩡박혀
있더란 말이지?

하나, 둘 …
열하나, 열둘
… 이게
다야?

남해 바다를 모두
자기 앞마당으로 삼던
이순신이 이젠 감히
나오지도 못하고
그리 숨어들었군.

판옥선도 겨우
열두 척에
불과하답니다.

좋았어. 이번에야 말로
이순신을 잡아 지난날의 수모를
갚아 주자!

일본 수군은 열두 척의 이순신을 잡기 위해 300척을 동원했다.

1%의 실패 가능성도 있으면 안 돼.

적의 움직임을 접한 이순신은 우수영으로 옮겨 집결한 채 출동 준비를 하고 있었다.

우수영

가…… 가까이…… 왔습니다요.

알았다.

벽파진

모두 들으라!

병법에 이르기를, 죽기를 각오하고 싸우면 반드시 살 것이나 살려고 한다면 반드시 죽을 것이라 했다.

또한 한 사람이 길목을 막아 지켜도 능히 천 사람을 두렵게 할 수 있다 했는데 이곳이 바로 그런 곳이다. 여러 장수는 나의 명령에 한 치도 어긋나지 않도록 해라. 자! 돛을 올려라!

울돌목에서 적을 기다린다. 출발!

이순신의 판옥선은 한 척이 더해져 모두 13척.

닻을 내리고 떠내려가지 않게 하라.

백성의 어선 100여 척도
전선으로 꾸며 후미에
배치했다.

이윽고 모습을 드러낸
적의 함대.

그러나 300척이라 해도 해협이
좁아 한꺼번에 나아갈 수 있는
수는 제한될 수밖에.

한 사람이 길목을 막아
능히 천 사람을
두렵게 할 수 있는 곳!
이순신이 명량해협을
고른 이유이다.

그러나 압도적인 적의 위세 앞에

겁을 먹은 휘하 장수들이
뒤로 빠지고 말아

개전하고 상당 시간을 이순신은 홀로 적진 속에서 분투해야 했다.

이순신은 초요기를 올려 장수들을 부르고는 호통을 쳤다.

다시 결의를 다진 조선군의 화포가
불을 뿜기 시작했다.

좁은 해협에 밀집된 적들은 좋은 표적이 되었다.

때맞춰 조류의 흐름이 바뀌면서

요렀다가   이렇게

불타는 적선은 불쏘시개가 되어
다른 적선들을 불사르는 양상이 되었고

견디다 못한 적들은 마침내 도주하기 시작한다.

수군들도

멀리서 지켜보던 백성도 믿을 수 없는 승리에
환호성을 질렀다.

참으로
천행이었다.

이 뒤로 일본 수군은 다시는 조선 수군과 맞서
싸우려 하지 않았다.

이순신은
사람이 아냐.
흑덜덜덜

명량해전의 승리로
다시 제해권을 장악한
이순신은 통행세를 거두어
군량을 확보하는 한편,
전함을 만들고
군사를 모아 훈련시키는 등
빠르게 수군을
재건해냈다.

최후의 결전

정유년 2차 침략 때 도요토미 히데요시의 목표는 조선 땅의 절반인 4도를 확보하는 것.

명나라 전체에서 조선의 절반이라니… 쳇! 너무 하향했나? 아냐, 요거라도 확실히 건지는 게 중요해.

그래야 그동안의 동원에 대해서도 할 말이 있지.

그리고 목표 달성을 위한 수단은 무자비한 살육!

닥치는 대로 부수고 죽여버려라!

무자비한 살육을 반복하다 보면 조선 국왕이 공포에 질려 강화를 청해올 거야.

원하는 게 무엇인지요? 조선 땅 절반이라굽쇼? 절반이라면 한강 이남? 아니면 38선 이남? 드릴게요, 드리고 말고요.

이에 따라 일본군은 조선인들을 만나면 닥치는 대로 죽였고,

앗싸! 스물아홉!

촤아~

무차별 살육의 징표로 코를 베어 상자에 포장해

나고야로 보냈다.

고이자마 2,50개, 아베이 400개. 훗, 잘들 하고 있군.

가장 피해가 큰 지역은 호남 일대였다.

1차 때 점령 못한 분풀이닷.

일본군들은 도요토미 히데요시의 명에 따라 한강 이북으로 올라가지 않고, 코 베기에 열중하며 도로 내려오기 시작했다.

남해안의 본거지로 가서 쉬었다가 또 나와서 한바탕 하는 거야.

오케이! 코 하나 추가!

히데요시 님은 역시 대단해. 이렇게 하다 보면 조선이 항복하지 않을 수가 없겠군.

그런데 그들의 계획이 다시 삐걱거리기 시작한다.

뭐야? 수군이 또 패했어?

맙소사! 300척으로 13척을 못 당했다니···

제해권을 뺏기면 곤란해지는데.

뭔가 찜찜해.

명나라도 다시 대군을 파병했다.

大明

지난 몇 년 동안 조선은 힘을 기르지 않고 무얼 했길래 또 쫄르르 달려와 청병하는 것이냐?

명나라는 사실 파병이 썩 내키지는 않았지만, 체면상 거부할 수가 없었다.

이번은 우릴 친다는 얘기도 없는 것 같은데.

하지만 조선을 구원하지 않으면 결국 우리가 왜적들에게 농락당한 꼴이 되오.

결국 할 수 없구먼.

그런데 수군의 패전이나 명군의 참전 소식보다 더 충격적인 소식이 일본 진영에 전해진다.

큰일났습니다

뭐야?

도요토미 히데요시는 재침략을 명한 뒤 자리에 누웠다.

끄응~~

이에 대한 소문은 병세가 나빠지면서 점차 증폭되어

히데요시 님이 많이 편찮으시데.

오늘내일 하신다더군.

히데요시 님이 어젯밤…

급기야 죽었다는 정보가 조선 측에도 전해지고는 했다.

뭐? 수길이 죽었다고?

오보였다고 합니다.

이런! 이미 전하께 보고서를 올렸는데…

급보이옵니다. 귀순한 일본군의 말에 따르면 수길이 정말 죽었다 하옵니다.

그래?

황송하옵니다. 잘못된 정보인 듯하옵니다.

내 그럴 줄 알았다.

또냐? 이제 그만 좀 하지.

호외

카더라 일보

풍신수길 졸!

거봐.

수길 공개 석상에 모습 드러냈다는

그러나 방귀가 잦으면 다른 게 나온다 했던가?

뿡 뿡

뿌웅

뿌직!

선조 31년, 전쟁과 학살의 지휘자인 도요토미 히데요시가 죽었다.

정말? 진짜?

리얼리? 참말로?

상 아니지?

아들 히데요리를 잘 부탁한다. 잘 부탁…그리고…조선에서……철……군……하…라

꼴깍

소식을 접한 일본군들이 철수 준비를 서두르는데,

아직 입성 못한 부대는?

짐들 꾸려. 최대한 가볍게.

조·명 연합군이 급히 뒤쫓아 내려왔다.

연합군이라봐야 조선 육군은 우리의 눈밖에 안 돼. 이래 가지고 나라는 무슨 나라?!

명나라 군대도 이번만큼은 제대로 싸워보리란 분위기.

지난번 강화를 주도했던 이들은 다 크고 작은 벌을 받았지.

사기극 주범 심유경은 목이 잘렸죠?

수괴가 죽은 저들은 지금 거의 패닉 상태일 터.

공을 세우기에 더 없이 좋은 기회다.

그런데 일본군은 끝까지 만만찮았다.

올 테면 와라!

울산성에서는 가토가 3만에 달하는 동로군인 조·명 연합군의 공격을 막아냈고,

울산

왜교 사천

사천성에서는 3만 7,000명의 중로군이 패해 물러났으며,

3만 6,000명의 서로군도 순천 왜교성을 공격하다가 중로군 참패의 소식을 듣고 후퇴했다.

이에 명군은 다시 일본군의 철수를
용인하는 쪽으로 기울었다.

저놈들이
워낙 악착같으니
피해가
너무 커.

일본군은 마침내 철수를
시작했다.

조선아,
잘 있거라.
언젠가
또 올 거야.

그런데 순천 왜교성의
고니시는 곤란에 빠졌다.

뇌물을 보내 명나라 육군으로부터는
안전 철수를 보장받았는데,

알았다.
어서
떠나라.

힛! 이런 걸
안 줘도
보내주려
했는데.

조선 수군이 반대하고 나선 것이다.

그렇게는
못 하지.

이때 바다에는 수군 제독 진린이
이끄는 명나라 수군이 함께 있었다.

이순신은 '그답지 않게' 진린을 환대하고

싸움에서 거둔 수급까지 양보하며
진린의 마음을 얻었다.

최소한 내 일을
방해는 못하게
해야겠기에.

내가 할 일은
오직 원수를
치는 것.

고니시는 진린에게도 뇌물을 보내
안전 철수를 보장받았지만,

이 장군!
퇴로를
열어 줍시다.

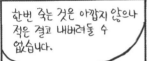

이순신은 단호했다.

한번 죽는 것은 아깝지 않으나
적은 결코 내버려둘 수
없습니다.

고니시는 할 수 없이
사천성의 부대에
구원을 청했고,

SOS

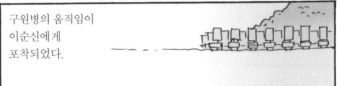

구원병의 움직임이
이순신에게
포착되었다.

자! 출전이다!
적을 한 놈도
살려 보내지 마라!

노량 앞바다에서 최후의 결전이 벌어졌다.

분전 중에 눈먼 적탄
하나가 이순신의
가슴을 파고들었다.

펑

싸움은 대승으로 끝났다.

그러나

승리의 환호성은 이내 통곡으로 바뀌었고,

오래지 않아 남도 전역을 뒤덮었다.

아이고오···

아이고오···

장군님~   엉엉

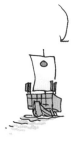
고니시는
싸움을 틈타
도주했다.

후안무치 선조

전쟁은 끝났다.

적을 몰아내기 위해 많은 장수와 백성이 하나뿐인 생명을 바쳤다.

전쟁의 참화에 책임이 있는 왕과 조정 대신들은

전쟁의 와중에도, 전쟁이 끝난 뒤에도 나라를 지킨 이들의 은공을 모르고 후안무치하게 행동했다.

이순신을 잡아들일 때 왕과 대신들이 했던 나불거림을 생각해보라.

이순신은 내가 늘 의심했다.

이순신은 원균이 열댓 번 부른 뒤에야

이순신은 싸우는 데 실증을 낸 것

교만한 장수는 쓸모가 없다.

후안무치의 정점에는 물론 선조가 있다.

전쟁 중 그는 자신을 호종한 신하들에게 가자는 물론,

당하관은 모두 당상관으로 몰려 주어라.

뭔가 생기면 선물하기에 바빴지만,

황제가 하사한 은덩이를 하나씩 나누어주라.

아껴두었다 전공을 세운 이들에게 주소서.

아니다.

일선 장수들과 의병장들에게는 인색하기 그지없었다.

끔적

가자까지 해야겠느냐?

선조 34년, 전쟁에 공을 세운 이들을 녹훈하는 문제에 대해 선조는 이렇게 말했다.

이번 왜란에 적을 평정한 것은 오직 중국 군대의 힘이었다.

우리나라 장수들은 중국 군대의 뒤를 따르거나 혹은 요행히 패잔병의 머리를 얻었을 뿐 일찍이 제 힘으로 한 명의 적병을 베거나 하나의 적진도 함락하지 못했다.

그중에서 이순신과 원균 두 장수는 바다에서 적도를 섬멸했고 권율은 행주에서 승첩을 거두어 약간은 나은 편이다.

그리고 중국 군대가 나오게 된 연유를 말하자면 모두가 삼가한 여러 신하가 어려운 길에 위험을 무릅쓰고 나를 위해 의주에 가서 중국에 호소했기 때문이다.

그 덕에 왜적을 토벌하게 되었고 강토를 회복하게 된 것이다.

＊녹훈(錄勳): 나라나 임금을 위해 세운 공로를 기록함.

적을 물리친 것은 오직
명나라 군대의 힘이고,
자기 나라 군대는 한 일이
거의 없다는 것.

그 때문에 싸우다 죽은 일선
장수들보다 자신을 호종하고
명나라에 지원을 청한
이들의 공이 훨씬 크다는 것.

이것이 전쟁과 관련한 선조의
기본 인식이었다.

선조의 원균 사랑도
계속되었다.
선조 36년 6월,
신하들이 원균을
이등공신 후보로
올려놓자 말하기를,
(그나마도 선조의 눈치를
보고 올려놓은 것인데)

적변 발생 초기에
원균이 이순신에게
구원해주기를 청해서
이순신이 싸우려 간 것이지
자진해서 간 것이 아니다.

왜적을 토벌할 적엔
죽기를 결심하고 항상
선봉이 되어 용맹을 떨쳤고

통제사가 되어서도 원균이
재삼 장계를 올려 부산 앞바다에
들어가 토벌할 수 없는 상황임을
극력 진달했으나 비변사와 권율이
윽박질러 패전할 것을 알면서도
할 수 없이 출전해 적과 싸우다
패배한 것이다.

원균은 용기만
으뜸이었던 것이
아니라 지혜 또한
지극했던 것이다.

*조관(朝官): 조정에서 일하는 벼슬아치. 늦 조신(朝臣), 조사(朝士)

선조는 피란 가는 수모를 겪고

수십 번의 선위 쇼도 선보였지만,

죄인인 내가 무슨 염치로···

전쟁이 끝나고도 10년 넘게 왕좌를 지켰다. 이때까지의 임금 중 최장인 40년 8개월의 재위 기록을 자랑한다.

중종 38년 2개월

세종 31년 6개월

어린 나이에도 명종 앞에서 기지를 발휘해 형들을 제치고 강한 인상을 심었을 만큼 머리 회전이 빨랐고,

현실판단 능력도 뛰어났다. 전쟁 과정에도 전황의 흐름에 대해서나 어떤 일의 가능 여부에 대해 신하들보다 더 현실적이고 정확한 판단을 내리곤 했다.

신하들의 대책 없는 서울 사수 주장을 무시하고 피란을 강행했고,

윤두수 등이 독자 작전을 주장할 때도 냉정한 판단력을 보여주었다.

쯧쯧, 이건 망하기를 재촉하는 길이야.

일본의 재침 결정이 전해졌을 때도
선조의 판단력은 돋보였다.

적은 이번에도
앞서 왔던 길로
올 것이니 세 침로를
잘 막는 게
중요하옵니다.

아니오. 적이 다시
침범한다면 반드시
호남을 먼저 칠 것이오.

당장 급변을 알리는
사신을 보내
구원병을 청하도록
하오.

앗!

문제는 책임을 지려 하지
않는 태도였다. 자기 생각을
끝까지 주장하지 않고
꼬리를 뺐다가

정 그러면
한번
해 보든지.

남에게 책임을 떠넘기는 게

거 봐라!
내 어럴 줄 알고
안 된다고 했던 건데
기어이 고집하더니
...

주특기였다.

나는 늘 외침을
걱정했는데 유성룡이
날 비웃으며 걱정
없다고 했다.
하지만 보라!

자기가
개입한 일도
은근슬쩍
빠진다.

원균에게
부산 출전을
명해놓고는

또 후퇴하면
군법으로
다스릴 것이오.

일이 잘못되자 남의 책임으로 돌린다.

이건 다
하늘이 그렇게
만든 것이오.

원균은 안 된다고
했는데 도원수
권율이 억지로
내몰아서
그렇게 되었다.

이 때문에 신하에 대한 신임이나 판단도 자주 바뀌었다.

끝없는 잔머리,

웅 웅 웅 웅

정철은 조정의 한 마리 독수리.

이이는 군자!

나는 유성룡 경만을 믿소.

유성룡은 제대로 하는 게 없어.

이이는 심의경에게 농락 당하고...

독사 같은 정철!

그런 선조가 죽을 때까지
딱 한 사람에게만은
일관된 신의를 보여주었으니,
바로 원균이다.

원균은...

원균이야말로...

원균 최고!

오우! 아직도 날...

왜 그랬을까? 이하는
심리학도 정신분석학도
전혀 모르는 필자의 추리니
감안하고 보아주시라.

...

원균에 대한 일관된 옹호는
이순신의 존재 때문으로 보인다.

왕은 끝까지 이순신이
마음에 들지 않았다.

왜? 자신과는 무척이나
대비되는 사람이었기
때문이리라.

반면 이순신은 일개 변장으로서
완벽하게 전쟁에 대비했고,

전쟁 대비도 제대로
못했고,

다른 장수들이 도망에
급급할 때

전쟁이 나자 도망가기에 바빴던 왕이다.

함대를 이끌고 나가 기적과도
같은 승리를 일구어냈다.

이후로도 나갔다 하면
최소의 희생으로
경이적인 승리를
거두었다.

육지에서는 국경선까지
몰렸으나 바다의
패자는 조선의
이순신이었다.

그토록 무섭고 강력한 일본군이 이순신이라는 이름만 듣고도 두려움에 떨었다.

거기다 부하는 물론이고 백성에게까지 진심으로 존경받았던 무장.

장군님 사랑해요♡

그가 죽자 온 남도 백성이 곡을 했다.

내가 죽으면 과연 누가 진심으로 울어줄까? ＼＼＼＼＼ 첫

이순신이 뜰수록 나는 대비되어서 우습게 되고 말 거야.

왕은 그 많은 승리의 원인도 이순신이 아닌 다른 데서 찾으려 애썼다.

우리의 판옥선이 워낙 세서 말이야.

화포도 그렇고.

옥포 승리는 구원을 청한 원균의 공이...

반면 원균은 자기처럼 도망했던 인물 아닌가? 원균을 높여 이순신을 깎아내리고 싶었던 것이다.

히~

우리 원 장군이 이순신보다 못한 게 뭐 있어?

왕은 곽재우도 별로 좋아하지 않았다.

이순신과 비슷한 필이…

전쟁 초기부터 의병을 일으켰고 패배를 몰랐다.

처자를 다 잃었지만 끝까지 전장을 지킨 홍의장군 곽재우.

전쟁이 끝난 뒤에는 공을 내세우지 않았고, 벼슬에 나아가기를 싫어했다. 도무지 흠잡을 데 없는 인물!

김덕령에 대해서도 처음부터 마뜩지 않아했다.

다른 의병장들에 대해서도 마찬가지였다. 빈말이나마 뜨겁게 그들의 의기와 공훈을 고무하는 발언을 한 적이 한 번도 없다. 보인 반응이라야 이런 정도.

조헌이 청주성을 회복했다는 게 정말인가?

예! 전하!

…

김천일은 어떤 사람인가?

다음은 선조 34년에
이항복이 자신을
일등공신에 두려는
뜻을 거두어줄 것을
청한 데 대한
답변이다.

이런 뜨거움을
이순신이나
의병장들에게는
한 번도 보이지
않았다.

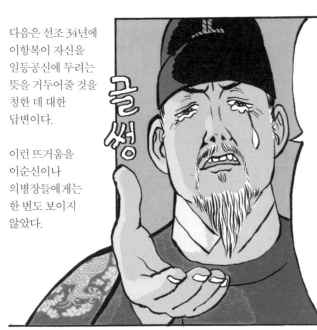

경은 정원 (승정원)의 장으로서
병조의 장으로서 처음부터 끝까지
남다른 충성과 군센 절개를
보였음을 나만은 알고 있소.
나는 비록 조종에게 죄를 지었지만
경은 실로 조종의 충신이오.

또 한마디 할 말이 있는데
말을 하려니 목이 메인다. 혹~
저번 영변에 있을 때
경이 여러 사람이 모인 가운데서
'신은 오직 대가를 따르려 합니다.'
하였는데,
그 말이 지금도 귀에 쟁쟁하오.

오늘날의 회복은 실로
경의 덕이니 사양치 마오.

호종한 이들에 대한 선조의 사랑은
물론 다들 도망가는데

떠나지 않고 자신을 지켜준 데 대한 고마움의
표현이리라.

……

그러나 단지 그뿐이라면
가산을 털어가며
의병을 일으키고
싸우다 죽은
의병장들에 대해서
못지않은 고마움을
표해야 마땅할
것이다.

그런데
왜……

호종한 이들은 어찌됐든 함께 피란 다닌 이들!

이순신이네처럼 비교 당하지는 않잖아.

그 때문에 자신보다 도덕적으로 특별히 나을 게 없다는 동류의식이 작용한 것이 아닐까?

그리고 덤으로 이런 효과도 있어요. 그들의 공을 높이면 비슷한 처신을 한 나의 과오도 희석된다는 … 홋~

어쨌든 뻔뻔한 왕과 조정 대신들로 인해 구국 영웅들은 죽은 뒤에도 걸맞은 대우를 받지 못했다. 그러나 세월이 흐를수록 그들의 고귀한 정신과 활약상은 점점 더 빛을 발해 오늘을 사는 우리의 가슴까지 뜨겁게 달군다.

작가 후기

10권은 분량도 많았지만《실록》의 기록이 너무도 부실하여 애를 먹었다. 사건들은 모호하고 인물들도 뚜렷이 다가오지 않았다. 그럼에도 눈에 확 들어오는 사람은 역시 이이와 이순신이었다.

필자가 그동안 가졌던 이이에 대한 인상은 '똑똑하고 참한 선비'였다. 그런데《실록》을 보면서 '시대정신을 바로 읽은 열정적인 개혁정치가'라는 사실을 확인할 수 있었다. 본문에서도 언급했듯이 그는 조광조와 이황을 한 몸에 담은 듯한 인물. 누구보다도 시대의 병을 바로 진단했고 가장 뛰어난 처방을 내렸지만 제대로 쓰이지 못했다. 비록 자신의 철학을 현실에서 구현하지는 못했지만 표지 모델로 부족함이 없는 사람인데 밀려날 수밖에 없었던 것은 순전히 이순신이라는 존재 때문이다. 이순신은 실로 하늘이 내린 인물. 그가 아니었다면 조선은 그때 이미 역사 속으로 사라졌거나 남북으로 분단되었으리라. 원칙적이고 기본을 중시하는 태도, 피아의 역량과 지형지물을 정확히 판단한 데 따른 창의적인 전략전술, 필사즉생의 정신, 선비보다도 더 선비다운 풍모와 자기 절제, 나라와 백성, 대의를 철저히 앞세우는 모습에서 '성웅'이란 표현이 전혀 과하지 않은 인물이다. 이런 인물을 조상으로 둔 우리는 얼마나 행복한가?

독자님들께

예상보다 10권 출간이 많이 늦어졌습니다. 휴머니스트 홈페이지를 통해 4월에 나온다고 고지했다가 연기되고 연기되어 결국 석 달이나 늦춰지고 말았습니다. 오래도록 10권을 기

다려주신 독자님들! 너무도 죄송스럽고 또 고맙습니다.

사실 10권의 출간은 독자님들보다 저 자신이 더 간절히 기다린 일이었습니다. 이 시리즈를 20권으로 예정하고 시작하면서 쉽지 않은 마라톤이 될 거라고 생각했습니다. 그렇게 다짐을 하고 출발했건만, 처음 생각했던 것보다도 훨씬 많은 시간이 걸리면서 과연 이 작업의 끝을 볼 수나 있을는지 아득하게만 느껴졌습니다. 한 권, 두 권 성과물이 쌓여가는데도 아득함은 여전했습니다. 그런데 10권을 눈앞에 두게 되니 달라지는 겁니다. 10권은 마라톤으로 치면 반환점을 찍는 셈이지요. 출발지의 막막함이 걷히고 지나온 만큼만 더 가면 된다는 희망을 갖게 해줄 10권입니다. 그래서 더욱 간절했습니다.

그런데 이런 걸 아홉수라고 하나요? 기록 달성을 눈앞에 둔 무슨 운동선수처럼 뭔가가 꼬이기 시작하는 겁니다. 어깨를 시작으로 발바닥, 머리, 발목, 허리……. 꼬리에 꼬리를 물듯 갖가지 통증이 저를 괴롭히더군요. 많이 늦어진 이유입니다.

어쨌든 반환점을 찍었습니다. 남은 후반 레이스를 열심히 뛰겠다는 다짐으로 죄송스러움을 대신하겠습니다.

《선조실록》 연표

1567 선조 즉위년

7. 3 선조가 근정전에서 즉위하다.

10. 5 삼공이 무고한 자의 신원과 어진 선비의 발탁을 요청하다.

10.12 유희춘, 노수신 등을 방면, 서용하다.

10.15 을사년의 재평가로 안명세, 권벌, 이언적, 봉성군 이완 등을 신원하다. 단 윤임, 유관, 유인숙 등은 제외되다.

10.23 경연에서 기대승이 조광조, 이언적의 추증을 거론하다.

11. 4 경연에서 이황이 조광조의 추증을 거론하고 이언적을 변호하다. 영의정과 좌의정의 건의에 따라 원상을 없애고 모든 결재는 대비가 행하기로 하다.

11. 5 경연 후 수렴 뒤에서 대비가 을사년의 신원 문제는 왕의 학문이 고명해진 뒤에 하라고 이르다.

1568 선조 1년

2.25 수렴청정을 끝내고 왕이 친정을 시작하다.

4.11 조광조에게 벼슬과 시호를 추증하는 전교를 내리다.

5.26 조식이 서리들의 폐해 근절을 촉구하는 상소를 올리다.

8. 7 이황이 6조목의 상소를 올리다.

9.21 석강에서 조광조와 남곤의 처리에 대해 묻자 이황이 조광조는 포상, 추증하고 남곤은 추죄해야 시비가 분명해질 것이라고 아뢰다.

12월 이황이 《성학십도》를 지어 올리다.

《선조수정실록》

1569 선조 2년

6.20 기대승과 《삼국지연의》에 대해 논하다.

6월 노당과 소당의 분열, 그리고 이준경과 신진의 갈등에 대해 기록하다.

《선조수정실록》

8.16 교리 이이가 《맹자》를 진강하고 시대정신에 대해 논하다.

9.12 조강에서 이이가 신래(新來: 새로 발령받은 이)를 괴롭히는 침학 행위(일종의 신고식)를 거론하자 이튿날 이를 금하는 전교를 내리다.

9.25 이이가 을사년의 위훈 삭제를 청하자 이준경이 반대하다.

12월 이황이 졸하다.(《선조수정실록》에는 선조 3년 12월로 기록됨.)

1570 선조 3년

2월 기대승이 사직하고 낙향하다.

《선조수정실록》

4.23 성균관이 김굉필, 정여창, 조광조, 이언적의 문묘 종사를 청하다.

5. 6 조광조, 이언적, 권벌에게 시호를 내리다.

5.16 양사에서 을사, 정미년의 무리(이기, 정순붕, 임백령, 정언각 등)에 대한 관직 삭탈을 청했으나 들어주지 않다.

8. 4 종친 수백 명이 을사년 이후의 일을 신원하고 토죄할 것을 청하다.

8. 5 정승 이하 백관이 을사년 이후의 일을 신원하고 토죄할 것을 청하다.

1571 선조 4년

5.28 이준경이 거듭 사직서를 올리고 물러나니 중추부 영사 겸 경연청 영사에 제수하다.

1572 선조 5년

2. 8 조식이 졸하다.(《선조수정실록》에는 1월로 기록됨.)

7. 7 이준경이 졸하다. 죽기 전에 붕당을 경계할 것을 유언해 논란을 빚다.

9.28 남자들이 귀고리를 다는 것을 통탄하며 금지령을 내리다.(이때의 논리도 '신체발부는 수지부모이니'였음.)

11. 8 기대승이 졸하다.(《선조수정실록》에는 10월로 기록됨.)

1573 선조 6년

3.17 양명학을 주창한 왕수인에 대해서 유희춘과 논하다.

8.29 유생들이 이황을 포함해 5현 종사를 청하다.

9.24 이황의 글은 한 글자도 버릴 것이 없다며 인출하라 명하다.

10.12 이이가 세종대왕의 정치를 본받을 것과 조광조에 대해 논하다.

11.26 이황에 대한 이이의 평가에 김성일이 논박하다.

1574 선조 7년

2. 1, 2.29 이이가 거듭해 옛 법을 경장해야 한다고 주장하다.

2.12 성균관 유생들이 5현 종사와 유관, 유인숙의 신원을 촉구하다.

3. 6 유희춘이 이이가 올린 만언소에 따라 병폐를 바로잡을 것을 청하다.

1575 선조 8년

1. 2 명종의 비 인순왕후가 훙하다.

5월 이이가 서경덕의 학문을 비판하자 허엽이 분개하다.(《선조수정실록》)

9.27 북방을 걱정하자 왕이 '조정에 큰소리치는 자들이 많으니 이들로 막게 하겠다.'고 했다가 이이로부터 비판을 받다.

10월 동서 분당에 대해 기록하다.

《선조수정실록》

1576 선조 9년

2.15 이이에 대해서 교격스럽다고 평하다.
6.26 간담이 창질에 효과가 있다는 낭설이 퍼져 어린아이를 유괴하거나 어른들도 나무에 묶어 배를 가르는 사건들이 자주 발생하다.
11월 박순과 허엽에 대해 기록하다. 《선조수정실록》

1577 선조 10년

5.15 유희춘이 졸하다.
5.27 임해군과 광해군을 낳은 공빈 김씨가 졸하다.
11.29 인종의 비 인성왕후가 졸하다.
12월 위훈의 삭제를 명하다. 《선조수정실록》

1578 선조 11년

7월 이지함이 졸하다. 《선조수정실록》
10월 동인과 서인의 실상과 이이가 나서서 이발, 정철의 단합을 요청한 일을 기록하다. 《선조수정실록》

1579 선조 12년

6.28 백인걸의 상소가 이이의 대필이라 하여 문제가 되다.
7월 백인걸이 이를 해명하다. 《선조수정실록》

1580 선조 13년

2월 허엽이 졸하다. 《선조수정실록》
7. 1 동서 분당에 대해 상세히 기록하다.

1581 선조 14년

1.26 방납의 폐해가 민생이 곤궁한 원인이라고 정인홍이 아뢰다.

2.26 이이가 경연에서 백성이 궁핍하고 병력이 허약하여 전쟁이 난다면 토붕와해될 것이라고 아뢰다.
7월 나라가 창업 200년이 되어 쇠퇴기에 들어섰다며 이이가 폐단의 혁파를 역설하다. 이발이 이이를 끌어들여 심의겸을 탄핵하기로 했는데, 정인홍이 일을 확대시킨 사건의 전말을 기록하다. 《선조수정실록》

1582 선조 15년

1월 이이가 이조 판서에 제수되다. 《선조수정실록》
4월 이이가 왕의 신임 아래 경장책을 적극 추진하다. 《선조수정실록》

1583 선조 16년

2. 9 적호(賊胡)가 경원부와 안원보의 성을 함락하다.
2.12 병조 판서 이이가 육진의 방어를 위해 서얼의 과거 허용과 공·사천의 종량 등을 청하다.
2.15 병조 판서 이이가 민력과 군력이 허약해 큰 적이 쳐들어온다면 계책을 쓸 수 없을 것이라며 양병, 재정, 전마 등에 대해 상소하다.
2월 적호가 경원부를 포위하니 온성 부사 신립이 구원하다. 《선조수정실록》
5월 적호 율보리가 1만 명을 이끌고 종성에 들어오니 신립이 구원하다. 《선조수정실록》
6.11 이이가 군정을 마음대로 하고, 내조에만 들르고 승정원에 들러 상교를 기다리지 않았다며 양사에서 탄핵하다.
6.19 홍문관이 이이를 탄핵하며 오국소인이란 표현을 사용하다.
6.20 왕이 이이를 변호하는 전교를 내리다.
7.15 성혼이 이이를 옹호하는 상소를 올리다.

7.16 대사관 송응개가 이이를 매국의 물이라고 공격했다가 장흥 부사로 좌천되다.
7.21 영의정 박순이 사당 만들기에 급급했다고 양사에서 탄핵하다.
8. 5 성균관 유생들이 이이가 어질다는 상소를 올리다.
8.10 성균관 유생 일부가 전일의 상소는 성균관 유생들의 공론이 아니라고 아뢰다.
8.18 삼사가 이이와 박순을 논하며 심의겸과 결탁했다고 비판하다.
8.28 박근원, 허봉, 송응개를 유배하다. (계미삼찬)
9. 3 이이와 성혼 등이 당을 만들었다고 이조 좌랑 김홍민이 비판하자 왕이 자신도 이이, 성혼의 당으로 불러달라며 이이를 옹호하다.
9.11 사간원이 정철을 비판하자 '정철은 조정의 한 마리 독수리이자 맹호'라며 옹호하다.

1584 선조 17년

1.16 이이가 졸하다.

1585 선조 18년

4.16 사관이 이이에 대해 악의에 찬 평을 기록하다.
5.28 의주 목사 서익이 정여립의 처신을 비판하다.
9. 2 심의겸을 파직하다.

1586 선조 19년

10.20 조헌이 이이와 성혼의 학술이 바름과 충성심을 옹호하다.

1587 선조 20년

9. 7 심의겸이 졸하다.

10.16 이순신이 장형을 받고 백의종군하다.

1588 선조 21년

1. 5 조헌의 강경한 상소를 불태워버리고 내리지 않다.

3.26 왜변을 우려해 죄 있는 자 중에서도 무재가 있는 자는 서용케 하다.

윤 6. 7 성균관 유생들이 5현 종사를 청하다.

1589 선조 22년

5. 5 강경한 지부상소를 한 조헌을 길주에 정배하다.

7.22 박순이 졸하다.

9.21 일본에 통신사를 보내기로 하다.

10. 2 정여립의 모반 사건이 터지다.

10.17 정여립이 자살하다.

10.28 생원 양천회가 상소하여 이발 등이 정여립과 가까운 사이라고 하다.

11. 3 조헌을 석방하다.

11. 7 양사가 정언신 등이 정여립과 친하다고 탄핵하다.

11. 8 정철을 우의정에 제수하다.

11.18 통신사를 선정하다. 황윤길을 정사로, 김성일을 부사로, 허성을 서장관으로 삼다.

12. 7 이산해를 불러 옥사의 확대에 대한 염려의 뜻을 보이다.

12. 8 초사에 이름이 나온 유성룡을 불러 깊은 신뢰를 보이다.

12.14 전라 유생 정암수 등이 상소하여 이산해, 정인홍, 정개청 등을 거론하자 이는 간인의 사주를 받은 거라며 나국하라 명하다.

12월 이순신이 정읍 현감에 제수되다.

《선조수정실록》

1590 선조 23년

2월 정개청이 북도에 유배 중 죽다. 《선조수정실록》

3. 6 황윤길 등 통신사 일행이 출발하다.

3월 전 도사 조대중, 조사 김빙이 죽은 연유를 기록하다.《선조수정실록》

6월 최영경이 하옥되다.《선조수정실록》

1591 선조 24년

2. 4 이전의 수령 성적이 나쁘다며 전라좌도 수군절도사 원균의 체차를 청하다.

2.13 이순신을 전라좌도 수군절도사에 제수하다.

3월 통신사가 돌아와 서로 다른 보고를 하다.《선조수정실록》

윤 3.14 양사가 정철의 파직을 청해 수락하다.

4. 4 송상현이 동래 부사에 제수되다.

7.17 정철에게 모함을 받아 배척받은 이들을 모두 발탁, 서용케 하다.

7.20 정철을 위리안치토록 하다.

7월 비변사가 육전에 주력하기로 하는 기본 전략을 세우다.《선조수정실록》

8.13 최영경을 무고한 혐의로 양천경 등을 국문하여 죽게 하다.

11월 김성일이 차자를 올려 전쟁 준비를 비판하고 이순신의 발탁도 비판하다. 《선조수정실록》

1592 선조 25년

2월 신립과 이일이 전국의 주요 요새를 순시하다.《선조수정실록》

4.13 임진왜란이 일어나다.

4.14 송상현이 전사하고 동래성은 함락되다.

4.17 서울에 일본의 침략 소식이 전해지다.

4.18 유성룡을 도체찰사, 신립을 도순변사, 이일을 순변사로 임명하다.

4.24 곽재우가 의병을 일으키다.

4.25 이일이 상주에서 패하다.

4.28 신립이 충주 탄금대에서 패배하다. 이 소식이 전해지자 파천을 거론하다. 다들 반대했으나 이산해 홀로 예전에도 파천한 사례가 있다며 소극적으로 지지를 표하다. 이원익에게 파천을 위해 평안도의 인심을 수습하라 명하다. 신잡이 왕세자를 세울 것을 청해 광해군으로 결정하다.

4.29 광해군을 왕세자로 삼고 김명원을 도원수에 제수하다.

4.30 새벽에 서울을 뜨다. 벽제관에서 점심을 들다.

5. 1 개성에 다다르다.

5. 2 김명원의 한강 방어선이 어이없이 무너지다. 양사가 파천의 책임을 물어 이산해를 파직할 것을 청하자 왕이 유성룡과 비교하며 유성룡의 죄가 더 크다고 하다.

5. 3 일본군이 서울에 무혈입성하다. 이 소식을 듣고 급히 개성을 뜨다.

5. 7 평양에 다다르다. 이순신의 수군이 옥포와 합포에서 승전하다.

5. 8 이순신의 수군이 적진포에서 승리하다.

5.16 부원수 신각이 해유령에서 소규모의 적을 물리치다.

5.18 김천일의 의병 부대가 기병하다. 곽재우의 의병군이 기강 전투에서 첫 승리를 거두다.

5.23 임진강 방어선이 무너지다. 이순신의 옥포 승전 소식이 전해지다.

5.29 명나라가 조선을 의심하여 비밀리에 사람을 보내 사실을 확인하다.

6. 2 조선 수군이 당포 해전에서

승리를 거두다.

6. 5 조선 수군이 당항포 해전에서
승리를 거두다.

수만 명의 전라, 충청 근왕병이 용인에서
일본군 1,600명에게 대패하다.

6.11 평양을 뜨다.

6.13 일본군의 손에 죽느니 명나라에
가서 죽겠다며 왕세자에게 국사를 임시로
다스리게 하다.

6.14 광해군의 분조가 발족되다.
왕세자와 헤어지다.

6.18 유성룡과 정철이 선위를 청하기로 하고
면대했으나 말하지 못하다.

명나라 군대의 소부대가 도착하니 작전권을
넘겨주다.

6.20 조승훈이 1,300명을 이끌고 압록강을
건너다.

6.21 이순신의 승전 소식에 조정이 뛸 듯이
기뻐하다.

6.22 의주에 도착하다.

6.23 요동행 준비를 명했으나 명나라 장수가
배를 모두 강 건너편으로 옮겨버리다.

6.24 명나라 황제가 하사한 은을 시종한
이들에게 나눠주다.

6.26 명나라 측에서 선조가 망명하면
관전보의 빈 관아에 거처케 하겠다는 뜻을
밝히자 왕이 요동행의 뜻을 접다.

6.28 김성일이 장계를 올려 전쟁 발발 후
경상도의 상황과 각 장수들의 대응,
곽재우의 활동 등을 상세히 보고하다.

6.29 호종한 이들을 가자하고 의주에
있던 면포를 나누어주다.

일본군의 기세가 강하자 명나라 병부 상서
석성이 심유경을 파견해 강화를 도모하다.

7. 3 청원사 이덕형이 명나라에서 돌아와
명나라가 여전히 의심을 모두 거두지는

않고 있다고 보고하다.

7. 8 웅치, 이치에서 전투가 벌어지다.
이순신이 한산도에서 크게 승리하다.

7. 9 고경명이 금산성 공격 중 전사하다.
조선 수군이 안골포 해전에서 승리하다.

7.11 요동으로 망명할 때 규모를 100명
이내로 하라는 명나라 병부의 자문이
도착하다.

7.18 곽재우, 정인홍 등에게 표창할 것을
청했으나 왕은 시큰둥한 반응을 보이다.

7.19 김성일, 고경명 등에게 관직을 내리다.

7.20 부총병 조승훈이 무모하게 평양을
공격했다가 패하다.

7.22 권율을 겸 전라도 관찰사로 삼다.

7.24 임해군과 순화군이 포로로 잡히다.

7.26 김시민을 진주 목사에 제수하다.

7.27 권응수가 이끄는 의병군이
영천성을 되찾다.

7.29 일본군이 평양성에서 꼼짝하지
않는 이유를 궁금해하다.

8. 1 조헌과 영규의 의병군이
청주성을 되찾다.

8. 3 김면의 의병군이 거창 전투에서
승리하다.

8. 5 동궁의 행차를 접하고 민심이
많이 안정되다.

8.16 이순신과 휘하 장수들에게 가자하다.

8.24 조헌이 청주성을 되찾은
소식이 전해지다.

9. 2 이정암의 의병군이 연안성을 사수하다.

9. 4 임해군과 순화군이 사로잡혔다는
소식이 전해지다.

명나라 사신 심유경이 일본군 장수 고니시
유키나가와 만나 50일 동안 휴전키로 하다.

9. 8 박진이 이끄는 경상도 관군이
경주성을 탈환하다.(비격진천뢰 첫 사용)

9.16 정문부의 의병군이 함경도 경성을
탈환하다.

9.17 조헌과 영규의 전사 소식이 전해지다.
건주 여진이 파병하겠다는 뜻을 보내오다.

10. 6 진주성 싸움이 시작되다.

10.10 진주성 싸움이 승리로 끝났으나
김시민은 전사하다.

10.19, 11. 7, 11.23 선위의 뜻을
밝혔다가 신하들의 반대로 철회하다.

12. 5 진주성 싸움에 대한 김성일의 장계가
도착하다.

12.25 용만관에서 명나라 장수 이여송을
영접하다.

1593 선조 26년

이 해에도 여러 차례 선위의 뜻을
밝혔다가 신하들의 반대로 거두다.

1. 6 조·명 연합군이 평양성을 공격하기
시작하다.

1. 9 평양성을 수복하다.

1.13 왕세자에게 선위하고 안주로
가겠다고 전교하다.

1.25 모든 정사를 왕세자에게
보고하라고 전교하다.

1.27 이여송의 명나라 군대가 파주
벽제관에서 패배하다.

1.28 정문부가 길주성을 되찾다.

1월 공이 있어도 크게 쓰이지 못한
정문부에 대해 기록하다.《선조수정실록》

2.19 권율이 행주산성에서 적을 맞아
크게 이기다.

2.24 권율이 승전을 보고하다.

3. 7 이여송을 만나 5배3고두를 행하고 강화
반대와 서울 진격을 청하다.

3.16 유성룡에게 강화를 말하는 자는
간인이라며 경계하라고 유시하다.

4.13 적들이 선릉과 정릉을 파헤쳤다는
보고가 있다.
4.20 권율의 군대가 서울에 들어가다.
4.26 적이 서울을 떴다는 전갈이 오다.
4월 서울의 일본군들이 풍악을 울리며
남하하다.《선조수정실록》
명나라 황제가 군량 10만 석을 보내주다.
《선조수정실록》
김성일이 졸하다.《선조수정실록》
6. 7 권율을 도원수에 제수하다.
6.16 생포한 일본군에게 염초와 조총
제작법을 알아내라고 전교하다.
6.29 일본군이 진주로 향했다는 보고가 있다.
그러나 이날 진주성은 이미 함락되었다.
6월 일본군에 포로로 잡혔던 두 왕자가
방면되다.《선조수정실록》
7.13 권율에게 진주를 구원하라고 명하다.
7.16 비변사 당상들과 진주성 방어 문제를
논의하다. 이날 진주성이 함락되었다는
보고가 있다.
8. 7 김천일, 황진, 최경회, 장윤 등 진주성의
전사자들을 추증하다.
8.14 황주에서 이여송을 만나 더
머물러줄 것을 요구했으나 군량 등을
이유로 거절당하다.
8.19 훈련도감의 설치를 의논하라고
전교하다.
8.26 남은 명나라 군대에 대한 공급은 명나라
측이 담당키로 하다. 단 옷과 신발은 조선
측이 맡도록 하다.
8.30 선위의 뜻을 나타내다.
8월 이순신을 수군통제사로 삼다.
《선조수정실록》
9. 8 서울에 가서 능침을 배알한 뒤
물러나겠다며 우선 선위의 뜻을 접다.
9월 송응창과 이여송이 1만여 명을 남기고

명나라로 돌아가다.《선조수정실록》
10. 1 조정이 서울로 돌아오다.
10. 2 일본어의 사용을 금하다.
10.27 유성룡을 영의정으로 삼다.
11.12 직접 총을 고안해 유성룡으로
하여금 시험해보게 하다.
윤 11. 8 왕세자가 서울로 돌아오다.
윤 11.16, 윤 11.24 선위의 뜻을 표하다.
12. 1 권율이 장계를 올려 이순신이
연해 고을 수령들을 모두 수군에
복무케 한다며 육전을 중시해야 한다고
하자 권율로 하여금 육군과 수군을
모두 관장하라고 이르다.
12. 7 윤두수가 내려가 무군사를 설치하다.
12.11 윤두수가 2만 명을 조발하여 단독
작전을 하겠다는 뜻을 밝히다.
12.19 이항복이 비밀 서장을 올려 단독
작전에 반대하다.
12.27 이덕형을 대사헌 겸 홍문관 대제학 겸
예문관 대제학 겸 성균관 지사 겸 경연청
동지사 겸 세자우빈객으로 삼다.
12월 정철이 졸하다.《선조수정실록》

1594 선조 27년

1. 8 명나라 장수에게 창검술, 화기의 제도,
염초 굽는 법 등을 배울 것을 전교하다.
1.12 송유진 등을 체포하다.
1.17 사헌부에서 사람 고기를 먹는 세태를
거론하며 엄히 다스릴 것을 청하다.
2. 2 명나라 장수에게 독화살 제조법을
배울 것을 명하다.
2.11 의병장 이산겸이 역모 혐의를 받고
억울하게 형장 아래 죽다.
3. 4 어소의 담장을 아직까지도 가시나무
울타리로 하고 목책도 쌓지 않는
상황을 질책하다.

3.20 진주성 싸움에 대해 논의하다.
유성룡과 김천일 등의 지도력을
패인으로 거론하다.
호남의 물력이 고갈돼 군사 모집이
이루어지지 않는 실태에 대해 기록하다.
3.29 유성룡이 제승방략체제를 비판하고
진관체제로 복귀할 것을 주청하다.
4. 7 납속책의 실태를 기록하다.
4.23 원균이 조총 70여 자루를 바치자
기뻐하다.
4월 각 도의 의병장을 혁파하고 김덕령
휘하로 소속시키다.《선조수정실록》
5.17 명나라에서 송응창과 이여송이 탄핵을
받아 파직되다.
5.19 최영경의 추증을 명하다.
5.22 전라도 관찰사 이정암이 3포의 개항과
세견선 등으로 강화하자고 제안하다.
8.10 사명대사 유정과 만난 자리에서
가토 기요마사가 4도 할양이라는
요구 조건을 들고 나오다.
10.13 윤두수와 권율의 허무한 독자 작전이
공격 한 번 못 해보고 철수하다.
10.24 왕이 명나라 측의 압력을 받아
황제에게 일본의 봉공을 허락해달라고
주청하고서 부끄러워하다.
11.12 이순신과 원균의 갈등 문제를
논의하다.
11.13 양사가 합사해 정철의 관작추탈을
청하니 따르다.
11.28 비변사가 이순신과 원균의 불화에
대해 아뢰다.

1595 선조 28년

1.15 김덕령에 대한 불신의 한 자락을 드러내다.
대신이 명나라로부터 왕세자 책봉을
인가받지 못한 일에 대해 아뢰다.

1.18 선위의 뜻을 밝히다.

1.22 유성룡과 권율의 지도력에 대해
논하면서 겁쟁이라 주장하다.

2.29 가토 기요마사를 암살하자는 논의가
있었으나 부결되다.

2월 누르하치가 동맹을 요청하다.

3. 7 이항복을 이조 판서에, 이덕형을
병조 판서에 제수하다.

3.27 광해군에게 하삼도 지방의 군무를
총괄하라는 명나라 황제의 친서가 오다.

7.15 사간원이 서원 혁파의 명을 거둘 것을
청하니 받아들이다.

7.18 사관이 이이와 박순, 그리고 성혼을
3간이라고 혹평하다.

7월 문폐의 심화를 이유로 서원을 혁파하라
명하다.(《선조수정실록》)

8.15 충청도 병마절도사 원균이 탐욕,
포학하여 도내의 원망이 크다며 사헌부가
파직을 청했으나 받아들이지 않다.

9.29 명나라 예부에서 왕세자 책봉을 시간을
두어 하라는 글을 보내오다.

1596 선조 29년

1.12 충청도 병마절도사 원균이 부적격자를
종사관으로 삼아 문제가 되다.

2.28 명나라 사신 심유경이 고니시
유키나가의 지원 요청으로 인해 같이
일본으로 들어갔다는 보고가 있다.

5.18 가토 기요마사가 철수했지만 적병
2/3가 남아 있다고 황신이 보고하다.

6.26 《주역》 강독 후 이순신에 대한
평을 물으며 자신이 늘 의심해왔다고 하다.

7.13 홍산을 비롯한 5읍을 함락한
이몽학 등을 토벌하다.

8. 1 김덕령을 체포해서 서울로 압송하다.

8.23 김덕령이 형장을 받다 죽다.

8.27 왕세자에게 섭정토록 명해 이 일로
한 달 넘게 소란스러워지다.

9월 도요토미 히데요시가 조·명 사절을
추방하고 재침 준비령을 내리다.

10.21 원균에 대해 논의하다.

11. 7 적의 재침에 대해 논의하다.
이순신과 원균에 대해 논의하다.
(이원익 홀로 바른 판단을 하다.)

11. 9 원균을 경상도 수군절도사로 앉히자고
윤근수가 청하다.

11.13 일본이 다시 침략한다면 강화로
피란할지 해주로 피란할지 논의하다.

12.21 통신사 황신이 돌아와 일본이 내년
2~3월에 재침할 거라는 서계를 올리다.

1597 선조 30년

1. 1 휘하 장수들이 부산의 일본군
거주지에 잠입해 불을 질렀다는 장계를
이순신이 올리다.

1. 2 이순신의 장계가 허위라는
보고가 올라오다.

1.19 가토 기요마사가 모월 모임에 도착할
테니 매복했다가 잡으면 전쟁이 없을
것이라는 고니시 유키나가의 정보를 담은
김응서의 장계가 올라오다.

1.21 13일에 가토 기요마사가 전선
200척을 이끌고 다대포에 도착했다는
이원익의 보고가 있다.

1.22 원균이 수백 명의 수군으로 가덕도에
주둔하며 위세를 떨치면 가토 기요마사가
겁을 먹고 돌아갈 것이라는 서장을 올리다.

1.23 조선의 일은 매양 그렇다는 고니시
유키나가의 힐난을 황신이 보고하다.

1.27 이순신에 대한 거듭된 논의가 있다.

1.28 원균을 경상우도 수군절도사 겸
경상도 통제사로 삼다.

2. 4 사헌부에서 이순신을 율에 따라
죄줄 것을 청하다.

2. 6 이순신을 잡아오라고 명하다.

3.13 대신들에게 이순신의 처벌을
의논하라고 이르다.

3.25 원균이 적선 3척을 포획했다고
보고하다.

4.19 원균이 수륙 양군의 동시 출병을
청하다.

4.22 비변사에서 원균의 제안이
무리라는 의견을 내다.

5.18 일본이 대병을 출동시켜 전라도를
유린할 계획이라고 일본 통사 가나메
도키쓰라가 말하다.

6.28 원균이 가덕도로 출동했다고
권율이 보고하다.

7.16 원균이 이끄는 조선 수군이
칠천량에서 전멸하다.

7.22 원균이 대패했다는 급보가 도착하다.
이순신을 다시 3도 수군통제사로 삼다.

8. 8 일본군이 진주성에 입성하다.

8.16 남원성이 함락되다.

9. 1 선위의 뜻을 보이다.

9.13 의병이 모이지 않고 군사는
흩어지는 경향이 만연하다.

9.14 일본군이 안성을 노략질하고
죽산을 침범하다.

9.15 일본군이 충청 이남으로 철수하며
만행을 저지르다.

9.16 이순신이 울돌목에서 적을
물리치다.(명량대첩)

10. 7 명나라 장수들이 군사를 거느리고
남하하기 시작하다.

10.24 조선의 무력함을 질책하는 명나라
황제의 칙서가 도착하다.

11. 8 칙서를 이유로 다시 선위의 뜻을

표하다.

1598 선조 31년

2.24 도요토미 히데요시가 죽었다는
첩보가 전해졌으나 왕이 믿지 않다.
2.25 병을 이유로 선위하겠다는 뜻을
표하다.
누르하치가 2만 명을 파병해 일본군을
치겠다고 제안하다.
4.14 명나라 경리가 이순신의 논상을
권하자 왕이 떨떠름하게 반응하다.
4.27 부름을 받고도 술에 취해 오지 않은
임해군을 파직하다.
6. 7 성혼이 졸하다.
8.13 이순신이 명나라 제독 진린에게
수급 40급을 나눠주었다고 보고하다.
8.20 경상좌도 병마절도사가 도요토미
히데요시의 병이 위중해 적들이 돌아가려
한다고 보고하다.
9.24 명나라의 견책을 받았다며
선위의 뜻을 보이다.
유성룡이 명나라행을 거절하여 대간의
탄핵을 받다.
10. 8 영의정에 이원익, 좌의정에
이덕형, 우의정에 이항복을 제수하다.
10.10 명나라 동로군이 울산성 공격에
실패하여 7,000여 명이 죽고 후퇴하다.
10.12 명나라 각 군이 후퇴하여 민심이
술렁이다.
11.16 사간원이 유성룡을 탄핵하다.
11.19 유성룡이 파직되다.
이순신이 노량에서 승리를 거두고 전사하다.
11.24 이순신이 전사했다는 보고가 있다.
12. 5 원손이 탄생하다.

1599 선조 32년

1월 명나라에서 돌아온 이원익이

유성룡을 변호하는 글을 올리다.(《선조수정
실록》)
5.26 이원익이 10여 차례 사직서를
올리자 체직하다.
5월 삼사가 거듭해서 유성룡, 이원익을
탄핵하다.
7. 7 권율이 졸하다.
7.24 윤두수를 영의정에 제수하다.
9.22 이원익을 다시 영의정에 제수하다.

1600 선조 33년

1.21 이산해를 영의정에 제수하다.
3.30 이즈음 왕세자를 대하는 것이
매우 엄해 불러서 만나는 적이 드물었다.
4.28 이산해가 홍여순의 일로 체직되다.
6.17 이항복을 영의정에 제수하다.
6.27 선조의 비 의인왕후가 훙하다.
7.16 순화군이 중전의 빈전 곁 여막에서
제 어미의 종을 겁간하다.
10. 3 남아 있는 공신첩, 허통첩, 면역첩 등을
불태우게 하다.
10.18, 10.28, 11.29, 12. 4 명나라 장수
섭정국이 도술로 일거에 조선군을 강군으로
만들어준다며 조정을 농락하다.

1601 선조 34년

2. 1 근신 중인 순화군의 여러 행패를
기록하다.
3.16 임해군의 여러 말썽을 기록하다.
3.17 일본군을 물리친 것은 명나라 군대의
힘이지, 우리나라 사람은 한 것이 없다고
하다.
7.18 제주 길운절의 역모 사건이 있다.
12.23 사헌부가 최영경의 옥사에 대해
성혼은 죄가 없다고 아뢰다.
12.30 기자헌이 최영경의 일을 논하며 성혼이

구원하지 않은 죄를 논하다.

1602 선조 35년

2. 3 사헌부가 최영경을 옥사에 이르게 한
대신들을 파직하기를 청하다.
2. 7 최영경의 일을 상고하여 아뢰라고
이르다.
2.15 정인홍을 대사헌에 제수하며 속히
올라오라고 이르다.
성혼의 삭탈관직을 연일 청하자
윤허하다.
4.14 왕세자 책봉을 주청할 것을 아뢰자
그로 인한 사신의 왕래 등으로 인해 백성의
고통이 클 것이라며 몇 년 기다리라고 이르다.
6.11 순화군, 임해군, 정원군이 일으킨
여러 폐해를 기록하다.
6.17 정인홍이 사직하고 고향으로 돌아가다.
7. 4 임해군이 백주에 궁궐 담장 밖에서
사람을 몽둥이로 때려죽이다.
7.13 인목왕후와 가례를 올리다.
8. 2 성균 진사 최극겸이 5현 종사를 청하다.
9.13 정원군이 큰어머니뻘인 하원군
부인댁에 행패를 부리고, 항의하러 온
부인을 가두어 말썽이 되다.

1603 선조 36년

5.16 왕세자 책봉에 대해 여전히 2~3년
기다렸다가 청하라는 명나라의 자문이 있다.
6.26 원균의 공신 등급을 2등으로 잡은 데
대해 문제 삼으며 원균을 옹호하다.

1604 선조 37년

2.16 경기도 관찰사 김수가 방납의
폐해를 고칠 것을 건의하다.
3.12 부산에 유정을 보내 일본 사신을
만나도록 하다.

4.18 이항복이 영의정에 제수되었으나
거듭 사직을 청해 오성부원군에 봉해지다.
5.25 순화군이 또 두 여인을 죽이다.
6.25 호성공신 86명, 선무공신 18명,
청난공신 5명을 선정해 발표하다.
12. 6 유영경을 영의정에, 기자헌을
좌의정에, 심희수를 우의정에 제수하다.
12. 8 예조에서 과거장의 폐단을
척결할 것을 청하다.(소란, 베껴 쓰기,
남의 답안지 강탈 등)

1605 선조 38년

3.15 8,000~9,000명의 적호가 동관을
함락하다.
4.16 선무원종공신 9,060명, 호성원종공신
2,475명, 청난원종공신 995명을 계하하다.
5. 7 동관 함락에 분개한 변장 서성이
3,000명을 이끌고 적을 치러 갔다가 복병
수백을 만나 대패하다.

1606 선조 39년

4. 5 일본에 사신을 보내는 문제에 대해 2품
이상에게 의견을 받다.
4.16 이항복 등이 명나라 사신에게 왕세자
책봉 주선을 건의하다.
4.28 실록 인출청이 《실록》 인출이 거의
완성되었고, 태백산과 묘향산, 오대산 등지의
사각 공사도 거의 끝나간다고 보고하다.
5.13 비변사가 도쿠가와 이에야스에게 능침
발굴범(선릉, 정릉을 파헤친 자들)을
요구하자고 청하다.
5.21 왕자들의 세력에 기댄 포수들을
엄금하라고 전교하다.
6.15 영창대군에게 토지와 노비를 내려주다.
9. 3 비변사에서 이제는 도요토미 히데요시의
시대가 아닌 도쿠가와 이에야스의

시대이니 끝까지 화친을 거부하는 것도
제왕의 도리가 아니라는 의견을 내다.
11.12 일본 측에서 능침을 범한 자들을
압송해오다.(조사해보니 모두
관계가 없는 자들이었다.)
12.20 일본에서 보내온 자들을 거리에서
목을 베다.

1607 선조 40년

1. 4 일본군이 잡아간 포로들을 데리고
돌아오게 하고, 조총을 사오도록 전교하다.
5.13 유성룡이 졸하다.
7.19 화답사로 갔던 여우길 등이
일본에서 돌아오다.
10. 9 아침에 일어나 방 밖으로 나가다
쓰러지다.
10.11 전위, 혹 전위가 어렵다면
왕세자더러 섭정이라도 하게
해야겠다고 비망기로 이르다.
유영경 등 삼공이 명을 거두어줄 것을 청하다.
중전이 한글로 전섭(전위 혹은 섭정)
명을 따를 것을 명하다.
11. 9 왕세자더러 동궁으로 돌아가라 이르다.

1608 선조 41년

1.18 정인홍이 유영경을 공격하는
소를 올리다.
1.21 유영경이 스스로를 변호하는
소를 올리다.
1.22 좌의정과 우의정이 정인홍의 상소로
대죄를 청하자 정인홍의 말은 실성한
사람의 말로, 대간과 시종을 모두
일망타진하려는 계책이라며
대죄하지 말라고 이르다.
비망기로 정인홍을 비판하면서 동시에
왕세자가 명나라 황제의 허락을 받지

못했음을 언급하다.
1.26 정인홍을 지지하는 상소와 유영경을
지지하는 상소가 여럿 교차하다.
2. 1 왕이 훙하다. 유서에 '형제 사랑하기를
내 있을 때처럼 하고, 참소하는 자가 있어도
삼가 듣지 말라.'고 하다.

조선과 세계

The Veritable Records of the Joseon Dynasty

In the Joseon Dynasty, there were always officials who followed and monitored the king. They slept in the room adjacent to where the king slept, and they attended every meeting the king held. The king could not go hunting or meet a person secretly without these officials being present.

These officials were called 'Sagwan,' and they observed and recorded all details of daily events involving the king in turns, things that the king said, and things that happened to him. The drafts created by them were called 'Sacho.' Even the king himself was not allowed to read those drafts, and the compilation process only began after the king's death.

When the king passed away, the highest ranking governmental official would be appointed as the chief historical compiler. A research team would collect all the drafts and relevant supporting materials, select important records with historical significance, and organize them in a chronological order. The finished product was usually called 'Sillok,' which means veritable records.

The Veritable Records of the Joseon Dynasty features a most magnificent scale, as it is a record of all the events that occurred over 472 years, from the reign of King Taejo to the reign of the 25th King Cheoljong (1392~1863). It consists of 1,893 volumes and 888 books (total of 64 million Chinese characters). It was registered as a World Cultural Heritage in Records, by UNESCO in 1997.

Source: A Korean History for International Readers, Humanist, 2010.

Summary

The Veritable Records of King Seonjo

Yi Sunsin of Joseon

As previous kings had led such short lives, finding a legitimate successor became an uneasy task. The next king, Seonjo, was the third son of Prince Deokheung, the son of Jungjong's concubine. Because of his unorthodox lineage, Seonjo had never been given any royal training. Although he had no one to trust either inside or outside of the palace, he was not swayed by influential vassals because the newly rising Confucian literati were in power, and since the literati had separated into opposing factions—Westerners, Easterners, Southerners and Northerners—Seonjo took advantage of the situation and strengthened his power.

Stoked by Seonjo's divisive political strategy, the government was caught up in factional strife regarding issues of treason and the appointment of a crown prince. This instability undermined the dynasty's public support, which resulted in peasant uprisings. Meanwhile, activities in Japan were causing serious concerns. Although the government was aware of Japan's military interests, they were caught by surprise when Japan invaded, so the Joseon army was demolished. Over the course of a fortnight, Seonjo fled to Gaeseong, then Pyeongyang and finally to Uiju. Feeling betrayed, the people burned down the deserted palace.

Seonjo appointed Prince Gwanghae (Gwanghaegun) as the crown prince and left him to administer state affairs. Meanwhile, he requested reinforcements from the Ming Empire. However, it was Yi Sunsin who made it possible for Joseon to counterattack against the Japanese forces. As a naval commander, Yi Sunsin had begun preparing for the Japanese invasion a year before it occurred because he saw it as a foregone conclusion. When the war broke out, he immediately organized the frontline, destroying twenty-six Japanese warships in the Battle of Okpo and gaining the first victory for Joseon. Yi continued to win battle after battle for Joseon thanks to his well-crafted strategy and exceptional leadership. As a result, he was able to resist Japan's strategy of simultaneously attacking by land and water. Yi Sunsin's counterattacks halted Japan's northern advancement. Then, with the participation of the local army and reinforcements from Ming, Joseon managed to negotiate a ceasefire with Japan.

After four years, the ceasefire negotiations fell apart, so Japan launched another invasion. However, this time, Joseon was able to repel the Japanese forces after a succession of defeats and the death of Toyotomi Hideyoshi. At last, the Japanes military forces retreated, putting an end to the seven-year war.

세계기록유산, 《조선왕조실록》

《조선왕조실록》이란?

　　《조선왕조실록》은 국보 제151호이자 유네스코 세계기록유산(1997년 지정)으로 조선 건국에서부터 철종까지 472년간을 편년체로 서술한 역사 기록물이다. 총 1,893권, 888책이며, 한글로 번역할 경우 300여 쪽의 단행본 400권을 훌쩍 넘는 분량이다. 철종 이후의 기록인 《고종실록》과 《순종실록》도 있으나 이것은 일본의 지배하에 편찬된 터라 통상 《조선왕조실록》으로 분류하지 않는다. 《단종실록》, 《연산군일기》, 《선조실록》, 《철종실록》처럼 기록이 부실한 경우도 있는데 정변이나 전쟁, 세도정치라는 시대 상황이 낳은 결과이다. 또한 《선조수정실록》, 《현종개수실록》, 《숙종실록보궐정오》, 《경종수정실록》처럼 뒷날에 집권한 당파의 요구에 의해 새로 편찬된 경우도 있다. 하지만 원본인 《선조실록》, 《현종실록》, 《숙종실록》, 《경종실록》을 폐기하지 않고 함께 보존함으로써 당대를 더욱 정확히 알게 해준다. 이렇듯 《조선왕조실록》은 그 기록의 풍부함과 엄정함에 더해 놀라운 기록 보존 정신까지 보여주는 우리 선조들의 위대한 유산이다.

《조선왕조실록》은 어떻게 기록되었나?

　　조선은 왕이 사관이 없는 자리에서 관리를 만나는 것을 엄격히 금지했다. 또한 왕은 원칙적으로 사관의 기록(사초)을 볼 수 없었다. 신하들도 마찬가지여서 실록청 담당관을 제외하고는 누구도 볼 수 없었다. 그래서 사관들은 왕이나 권력자의 눈치를 보지 않고 보고 들은 일들을 있는 그대로 기록할 수 있었다. 왕이 죽으면 실록청이 만들어지고 모든 사관의 사초가 제출된다. 여기에 여타 관청의 기록까지 참조하여 실록이 편찬된다. 해당 실록이 완성되고 나면 사초는 모두 물에 씻겨졌다(세초). 이렇게 만들어진 실록은 여러 곳의 사고에 나누어 보관되는데, 이 또한 후대 왕은 물론 신하들도 열람할 수 없도록 했다. 선대의 왕들에 대한 기록이나 평가로 인해 필화 사건이 생기지 않도록 한 것이다. 이 같은 원칙들이 철저히 지켜졌기에 《조선왕조실록》이 오늘날까지 존재할 수 있었다.

도움을 받은 책들

《국역 조선왕조실록 CD-ROM》, 서울시스템주식회사, 1995.

강재언, 《선비의 나라 한국 유학 2천년》, 한길사, 2003.

고려대 민족문화연구원 한국사상연구소 편, 《자료와 해설 한국의 철학사상》, 예문서원, 2002.

김경수, 《'언론'이 조선왕조 500년을 일구었다》, 가람기획, 2000.

김문식 · 김정호, 《조선의 왕세자 교육》, 김영사, 2003.

류성룡 지음, 김흥식 옮김, 《징비록》, 서해문집, 2005.

민승기, 《조선의 무기와 갑옷》, 가람기획, 2005.

박영규, 《조선의 왕실과 외척》, 김영사, 2003.

박영규, 《한 권으로 읽는 조선왕조실록》, 들녘, 1996.

신명호, 《조선의 왕》, 가람기획, 1998.

신정일, 《지워진 이름 정여립》, 가람기획, 2005.

양재숙, 《임진왜란은 우리가 이긴 전쟁이었다》, 가람기획, 2002.

윤정란, 《조선의 왕비》, 차림, 1999.

이덕일, 《사화로 보는 조선 역사》, 석필, 1998.

이성무, 《조선시대 당쟁사》 1, 동방미디어, 2002.

이성무, 《조선왕조사》 1, 동방미디어, 1998.

이순신 지음, 노승석 옮김, 《이순신의 난중일기》, 동아일보사, 2005.

이순신역사연구회, 《이순신과 임진왜란》 1~4, 비봉출판사, 2006.

이이화, 《이야기 인물 한국사》 5, 한길사, 1993.

이이화, 《이이화의 한국사 이야기》 11, 한길사, 2000.

이종범, 《사림열전》 1, 아침이슬, 2006.

장영훈, 《왕릉풍수와 조선의 역사》, 대원미디어, 2000.

최범서, 《야사로 보는 조선의 역사》 1, 가람기획, 2003.

하일식, 《연표와 사진으로 보는 한국사》, 일빛, 2000.

한국고문서학회, 《조선시대 생활사》, 역사비평사, 1996.

한국생활사박물관 편찬위원회, 《한국생활사박물관》 9, 사계절, 2003.

한형조, 《왜 동양철학인가》, 문학동네, 2000.

홍순민, 《우리 궁궐 이야기》, 청년사, 2002.

KBS 역사스페셜 제작팀, 《역사스페셜》 6, 효형출판, 2003.

박시백의 조선왕조실록

팟캐스트로 예습 + 복습! 재미와 감동 두 배!

역사 전문 수다 방송 〈팟캐스트 박시백의 조선왕조실록〉

350만 독자가 환호한 국민 역사교과서 《박시백의 조선왕조실록》을 오디오로 만나보세요.
《조선왕조실록》을 통독한 박시백 화백의 예리한 안목, 조선사 전문가 신병주 교수의 풍부한 역사 상식,
전방위 지식인 남경태 선생의 종횡무진 상상력이 김학원 휴머니스트 대표의 재치 있는 진행과 만나
《조선왕조실록》에 대한 밀도 있는 음성 아카이브를 만들어냅니다.

청취자가 말하는 "나에게 팟캐스트 조선왕조실록이란?"

타임머신조선 활자와 그림으로만 보던 인물들이 팟캐스트 속에서 살아납니다.

여사마 학생들에게 한국사 관련 재미있는 에피소드와 사례 등을 알려줄 수 있어 좋아요.

허기 역사에 대해 편협했던 시각이 좀 더 넓어지고 유연해진 것 같습니다.

쿠쿠쿠다스 팟캐스트 형식의 자유로움을 더한 역사 콘텐츠라 구미가 착착 당깁니다.

〈팟캐스트 박시백의 조선왕조실록〉을
들으며 함께 읽으면 좋은 책

〈팟캐스트 박시백의 조선왕조실록〉을 더욱 풍성하게 만들어준 여섯 권의 책,
〈외전〉편에서 저자와 함께 나눈 대화는 조선사에 대한 더 깊은 이해를 도와줍니다.

식탁 위의 한국사 메뉴로 본 20세기 한국 음식문화사
주영하 지음 | 572쪽 | 29,000원

우리는 지난 100년간 무엇을 먹어왔을까? 근대인의 밥상에서 현대인의 식탁까지, 일상
속 음식의 역사와 그에 투영된 역사와 문화까지 읽을 수 있다.

고문서, 조선의 역사를 말하다 케케묵은 고문서 한 장으로 추적하는 조선의 일상사
전경목 지음 | 400쪽 | 20,000원

저자는 한 장의 고문서로 거대 역사 속에 가려진 조선의 일상을 한 장면 한 장면 복원한
다. 저자의 추리와 독해를 따라가다 보면 평범한 사람들의 소소한 일상과 만나게 된다.

정도전을 위한 변명 혁명가 정도전, 새로운 나라 조선을 설계하다
조유식 지음 | 416쪽 | 19,000원

정도전의 삶과 죽음을 집요하게 파고든 파란만장한 기록이 그의 목소리를 대신해 역사
의 진실을 들려준다.

벽광나치오 한 가지 일에 미쳐 최고가 된 사람들
안대회 지음 | 500쪽 | 24,000원

조선을 지배한 성리학 이데올로기에서 벗어나 자신의 영역에서, 자신의 시선으로, 자신
의 시대를 풍미한 조선의 문화적 리더들.

자저실기 글쓰기 병에 걸린 어느 선비의 일상
심노숭 지음 | 안대회 김보성 외 옮김 | 764쪽 | 32,000원

조선 후기를 온몸으로 살아간 심노숭의 삶과 격동기의 실상을 상세히 기록한 자서전

민주공화국 대한민국의 탄생 우리 민주주의는 언제, 어떻게 시작되었나?
김육훈 지음 | 284쪽 | 15,000원

역사 속에서 실천하고 싸우며 만든 민주공화국의 살아 있는 의미는 무엇일까?
19세기 말에서 정부 수립까지 우리 역사 속 민주주의의 뿌리를 알려준다.

박시백의 조선왕조실록 10 선조실록

1판 1쇄 발행일 2007년 7월 9일
2판 1쇄 발행일 2015년 6월 22일
3판 1쇄 발행일 2021년 3월 15일
4판 1쇄 발행일 2024년 6월 24일

지은이 박시백

발행인 김학원
발행처 (주)휴머니스트출판그룹
출판등록 제313-2007-000007호(2007년 1월 5일)
주소 (03991) 서울시 마포구 동교로23길 76(연남동)
전화 02-335-4422 **팩스** 02-334-3427
저자·독자 서비스 humanist@humanistbooks.com
홈페이지 www.humanistbooks.com
유튜브 youtube.com/user/humanistma **포스트** post.naver.com/hmcv
페이스북 facebook.com/hmcv2001 **인스타그램** @humanist_insta

편집주간 황서현 **편집** 최인영 박나영 강창훈 김선경 이영란 **디자인** 김태형 **사진** 권태균 **영문 초록** 지헌승
번역 감수 김동택 David Elkins **조판** 프린웍스 **용지** 화인페이퍼 **인쇄** 삼조인쇄 **제본** 해피문화사

ⓒ 박시백, 2024

ISBN 979-11-7087-172-9 07910
ISBN 979-11-7087-162-0 07910(세트)